별것도 아닌데 예쁜 것들

별것도 아닌데 예뻐서

본문 일부와 그림 속 손 글씨는 맞춤법과 별개로 표기하였습니다.

별것도 아닌데 _____ 예뻐서

일상, 그리고 쓰다

박조건형, 김비 지음

김영사

박조건형

1977년생, 일상 드로잉 작가

前 10년 차 생산직 노동자, 남자 페미니
스트, 25년의 우울증, 대학교 중퇴, 빡
빡머리, 중국 아저씨, 짧은 다리, 초딩
입맛, 박조건형 블로그, 캐릭터 양말,
방구는 크게, 인생은 가늘고 길게.

 김비

1971년생, 소설가

前 영어 강사, 남자+여자, www.kimbee.
net, 바이러스성 간경화, 오늘의 숨결, 신
랑 눈에 꼰대, 김구관 씨, 긴 허리, 초딩
입맛2, 청록색 마니아, 농구 하는 아줌마,
방구는 크게2, 인생은 '나'를 지키는 것.

사랑하며 산다는 것은
서로를 그리는 것,

라이언 눈, 삼각형 코, 번데기 입술을 그려 놓고
'예쁘다'고 우기는 것.

내 그림을 좋아해 주고, 다음 그림도 기대해 주었다

박조건형

나에게 일상 드로잉이란 무엇일까?

초등학교·중학교 시절 《드래곤볼》, 《슬램덩크》, 《북두신권》 그리고 이현세의 만화들을 보고 많이 따라 그렸다. 학교에는 나보다 월등히 잘 그리는 친구들이 있었고, 그들을 부러워하며 열패감에 젖곤 했다. 청소년기를 그렇게 보내고 대학에 진학해 그림과 관련 없는 삶을 살았다. 그즈음은 만화학과가 막 생길 때였는데, 만화 잡지 뒤편에는 만화학과를 소개하는 기사들이 짧게나마 실리곤 했다. 휴학하고 군대 가기 전에 아르바이트를 할 때, 문득 '만화학과에 들어가 볼까' 하는 생각이 들었다.

그렇게 다시 입시를 준비해서 공주대 만화예술학과(당시 2년제, 지금은 4년제로 바뀌었다)에 98학번으로 입학했다. 처음에는 열심히 다녔지만, 우울증과 무기력증 때문에 학교를 자주 빠지고 자취방에만 처박혀 있었다. 군대를 다녀와 복학했을 때도 '이번엔 잘해 봐야지'라고 마음을 먹었지만, 역시 같은 이유로 학교를 제대로 다니지 못했고 휴학과 복학을 반복하다가 결국 28살에 엄마가 사는 양산 집으로 내려왔다. 원하는 곳에 들어갔지만 제대로 배

우거나 열심히 다니지 못해 졸업조차 하지 못했다. 양산에는 공단이 많았고, 나는 생산직 회사에 다니며 그렇게 그림과는 담을 쌓고 지냈다.

그러다가 짝지를 만나 연애를 시작할 때였다. 연애 초기에 그녀에게 잘 보이고 싶은 마음에 그림을 조금씩 그렸는데, 짝지가 너무나 좋아해 주었다. 그 뒤로 짝지는 데이트를 할 때마다 자꾸 다이어리에 이것저것 그려 달라고 했다. 그림 그리는 걸 좋아하던 때도 아니어서 매번 부담이 되었지만 억지로 그릴 수밖에 없었다. 그런데 무얼 그리든 짝지는 내 그림을 좋아해 주고, 다음 그림도 기대해 주었다. 그렇게 조금씩 그리다 보니, '이런 방식으로 드로잉을 계속 해 볼까' 하는 생각까지 하게 되었고, 할아버지가 될 때까지 일상 드로잉을 하면 멋질 것 같았다.

2017년 봄, 회사에서 일을 하다가 머리를 다쳤고, 그걸 계기로 드로잉 작가로 사는 삶을 실험해 보았다. 드로잉 수업으로 생계를 유지하는 것이 생각만큼 쉽지 않았고 직장처럼 정해진 틀이 있는 것도 아니어서, 스스로 시간을 계획하고 운영하는 일이 자주 우울증으로 고생하는 나에게는 굉장히 힘든 일임을 실감하고 있다.

퇴직금으로 짝지와 함께 42일 동안 유럽 여행을 다녀왔는데 그 후로 우울증과 무기력증이 너무나 심해져서 아무것도 하지 못하고 드로잉 수업과 한겨레 연재만 하면서 일상을 겨우 이어가고 있다. 일상 드로잉 작가로 살아보려 했지만 정작 일상 드로잉 작업을 전혀 하지 못하는 셈이다. 개인 상담도 다시 받고 있는데 기존에 진행하던 드로잉 수업들과 책 작업을 마무리하면 다시 생산직에 취업할까도 생각 중이다. 수입은 적더라도 다시 일정한 틀 속에서 삶이 안정되면 일상 드로잉 작업을 하고 싶은 마음도 천천히 생기지 않을까.

사실, 너무 우울하고 무기력해 이 책을 포기하려던 순간이 있었다. 미완성이던 원고에 글을 덧붙여 생기를 불어넣어 준 짝지와 끝까지 우리를 믿고 함께해 준 출판사에 고마움을 전한다. 이들 덕분에 깊은 우물에 빠져 있던 아주 작은 아이가 간신히 힘을 내어 이렇게 책을 완성했다. 끝까지 해낸 나 자신이 대견하기도 하다.

늘 무기력하고 우울한 아들 때문에 자주 걱정하시는 엄마 조선옥 여사님께도 사랑한다고 말씀드리고 싶고, 우리 가족의 불행은 아버지 때문이라고 평생 원망만 했는데, 그래도 나를 낳아 주고 사랑해 주신 아버지 박문진 님께도 감사한 마음을 전한다. 변변치 않은 나를 애지중지 키워 주신 외할머니께도 감사한 마음을 전한다. 그리 멀지 않은 곳에 사는데도 자주 들르지 못해 죄송하고, 또 사랑한다고 말씀드리고 싶다. 그리고 나는 여느 오빠들처럼 강하지 못해 좋은 오빠가 되어 주지 못했는데 항상 곁에 있어 준 내 동생 박현숙에게도 미안한 마음과 사랑의 마음을 동시에 전한다. 마지막으로 이 책에 등장하는 모든 인물이 없었다면 이 책은 만들어지지 못했을 것이다. 난 참 인복이 많은 사람이다.

이 책에는 다양한 방식으로 드로잉을 연습하며 바라본 내 삶의 풍경이 담겨 있다. 하지만 난 여전히 아주 잘 그리지 못하고, 드로잉 작업을 꾸준히 하거나 잘 그리는 분들을 보면 쉽게 주눅 들어 가끔 무기력해지고 또 우울해지는 사람이지만, 어떻게든 드로잉을 놓지 않고 드로잉과 함께 삶을 살아 보려 한다.

별것은 없다. 다만 특별하지 않지만 내 눈에 아름다운 것들, 넉넉하진 않지만 내 마음을 가득 채우는 것들을 장마다 담았으니 이러한 삶을 계속하는 한 사람의 이야기로 읽어 주시기를 바란다.

우울 여행자의 아내

김비

나에게 이 책의 집필은 예정되어 있지 않았다. 3년여 동안의 장편
소설 집필을 막 끝낸 차였고, 유럽 여행을 가기 전에 여행기를
써보자는 신랑의 제안에 조만간 여행기를 쓰기는 써야겠다고
생각만 하고 있었다. 하지만 신랑은 석 달이 넘도록 우울증으로
고생하며 아무것도 하지 못하고 있었다.

안간힘을 쓰듯 책을 계약하고 돌아왔다는 말에 신랑과 같이
그림들을 모아 파일 안에 정리하는 일까지는 했는데, 정작
원고에는 손도 대지 못하고 있었다. 억지로 그림을 들여다보며
몇 자 끄적이기는 했지만, 책 한 권으로 묶이기에는 분량이 너무
적었다.

끝내 신랑은 나와 상의도 하지 않고 편집자에게 '계약 파기'
문자를 보내 버렸다. 연애 초기에 몇 번 싸운 이후 8년여 만에
처음으로, 진심으로 그에게 화를 냈다. 그가 너무 오래 우울증으로
무기력하게 있어서도 아니었고, 계약이란 걸 그토록 가볍게만
생각한 데 실망해서도 아니었다. 왜 나는 그 모든 결정과 생각 속에

없는 존재인가에 대한 물음이었다. 나는 도대체 어디에 있느냐고, 당신의 삶 속에 내가 있기는 한 거냐고.

신랑의 휴대전화로, 내가 직접 출판사에 연락을 드렸다. 계약을 끝까지 이행하겠다고, 신랑이 안 되면 내가 힘을 보태 이 책을 만들어 보겠다고. 그것이 바로 이 책이 '박조건형'의 책이 아니라, '박조건형과 김비'의 책이 된 이유이다. 그렇게 운명처럼 이 책은 내 안으로 스르르 미끄러져 들어왔다.

신랑이 그린 그림을 한 장 한 장 들여다보며 글을 적고 있으니, 그와 함께한 시간이 꿈결처럼 밀려왔다. 우리가 살았던 공간과 만났던 사람들, 나누었던 말들, 나누지 못했던 말들까지 씨줄과 날줄로 엮여 근사한 풍경으로 눈앞에 펼쳐졌다.

써 놓고 보니 이 책은 우리 두 사람이 함께한 시간의 첫 번째 기록인 셈이었다. 그걸 '연애'라고 불러도 좋고, '결혼'이라고 불러도 좋다. 그는 우울이란 여행을 하고 나는 기다림의 여행을 계속하는, '최초의 여행기' 같은 것이라 불러도 좋을 듯싶다. 각자의 길을 함께 간 여행기 말이다. 여기 이 책 속에 그의 그림과 그의 말들 그리고 나의 말들이 따로 떨어졌다가 하나로 어우러지듯이.

신랑에게는 아직 많은 그림이 있고, 많은 이야기가 있다. 그동안 그가 그린 여러 여행 그림과 관심을 가졌던 우리 주변 문제들에 관한 이야기는 이 책에 싣지 못했다. 이 책은 우리 두 사람의 이야기가 되었지만, 곧 그만의 글과 그림을 만날 수 있기를 바란다.

당연히 그럴 수 있을 거라고 믿는다. 내가 소설을 버려야겠다고
마음먹었을 때, 그가 나를 '글 쓰는 사람'이라고 불러 주었던
것처럼, 나는 그의 곁에서 앞으로도 영원히 그를 '그림 그리는
사람'이라고 부를 테니까.

이 책을 읽을 독자분들께 응원해 달라는 말은 하지 않겠다. 그에게
가장 필요한 것은 그의 어린 시절로 돌아가 그때 홀로 버려진 어린
그에게 손을 내밀어 끌어안아 주는 것일 텐데, 어차피 지금은 그
누구에게도 가능하지 않은 일이다.
그저 지금 우리가 흘려보내는 여기, 이 시간도 언젠가 끌어안지
못해 안타까워할 그 무수한 시간 중 하나라는 걸, 나의 신랑도 세상
모든 사람도 깨달을 수 있기를 바란다. 그래서 이대로 흘려보내지
말아야 할 여기 이 귀한 시간을 각자의 방식대로 다시 또 멋지게
기록하고 간직할 수 있기를 말이다.

신랑이 이미 많은 고마운 분들께 감사를 드렸으니 내가 반복할
필요는 없을 것 같다. 나는 오직 단 한 사람, 끝까지 이 책을, 삶을
포기하지 않고 다시 일어선 나의 신랑, 박조건형에게 무한한
감사와 사랑을 보낸다.

우리 두 사람이 사는 집은 소도시 외곽의 공단 지역에 있는 스물네
평짜리 자그마한 아파트 어느 한 칸. 당신이 사는 거기에서 그리
멀지 않은 곳에, 다르지 않은 모습으로 우리가 살고 있다.

지금 이 순간 당신에게도 스쳐 가고 있을 별것 아닌 일상 이야기를 특별하게 기록하면서, 우리도 당신처럼 살아 있다.

사랑하며, 살아 있다.

덧붙임.

몇 달간 긴 우울의 시간을 견디어 내고서, 신랑은 다시 생의 한가운데 우뚝 섰다. 이 책의 초고를 완성하던 시기와 지금의 신랑은 극과 극으로 너무도 다르지만, 결코 섣불리 안도하거나 두려워하지 않는다. 삶은 다시 새로운 모습으로 우리 앞에 나타날 것이란 걸 알기 때문이다. 언제든 자만이나 불안으로 스스로를 무너뜨리지 말아야 한다는 것도. 함께하는 것만이 흔들리지 않는 단 하나의 버팀목이 될 것이다. 사랑이 이긴다.

일상 하나　'사랑'하며 사는 일

아버지

나와 동생이 아기였던 때 가족사진. 아버지와 우리 가족은 지금 함께 살지 않는다. 내가 초등학교 5학년 때까지 아버지는 원양어선을 타셨고, 몇 달에 한 번씩 봤던 기억밖에 없다. 그 이후에는 아버지가 종교에 빠지셔서 가정이 편한 날이 없었다. 가끔 화목하고 사이좋은 가족을 보면 '나도 저런 가정에서 자랐다면 지금 많이 달라지지 않았을까'라고 생각해 본다.

아버지

어머니

동생

나

신랑 아버님에 관한 이야기는 당연히 신랑에게서 들었다. 사람을 사랑하면, 사랑하는 사람의 어린 시절까지 알고 싶고, 그래서 그의 가족에 관해 묻는 건 어쩌면 자연스러운 일인지도 모른다. 나 역시 연애 초기, 아버님에 관해 가끔 물었고 그때는 착한 여자 친구 병이라도 걸렸던 건지 아버님께 연락이라도 한번 해봐야 하는 것 아니냐고 물었다가, 신랑에게 된통 욕을 먹었던 적이 있다.

지금 생각해도 참 어리석었다. 나 역시 인연을 끊은 내 가족들과 연락하라고 하면 질색하면서, 사정도 제대로 모르고 신랑에게 그런 이야기를 했으니.

맞다, 함께 사는 두 사람에겐 각자의 가족이 있어야 한다. 서로 다른 가족 말이다. 서로가 각자의 가족을 책임지고 여유가 생기면 그제야 사랑하는 사람의 가족까지 생각하고 배려하는, 적당한 거리감이 있는 가족 말이다.

가족 식사

엄마와 여동생은 같이 살고, 나는 따로 짝지와 산다. 가족 식사라고 해봐야 어버이날, 각자의 생일 정도이다. 그런 기념일들이 있어서 '밥 먹는다'는 핑계로 서로의 안부를 묻는다.

나는 '가족적'이라는 말을 좋아하지 않는다. '가족적'이란 '어떠해야 한다'는 틀 같은 게 느껴져서이다. 나는 동생과 친하지 않고 함께 있는 것이 그렇게 편하지는 않다.

엄마 생신이라 대게를 먹기로 했는데, 동생이 꼽사리로 같이 먹으면 안 되나고 해서, 같이 먹었다. 그런데 그날 동생과 참 많은 이야기를 나누게 되었다. 동생도 나와 같은 이유(가족사)로 우울감을 오래 지니고 있었는데, 최근에 약도 먹고 교회에서 상담도 받는다고 했다. 단순히 기도만 하는 상담이 아닌, 심리학과 정신분석학에 이해가 깊은 상담 선생님이 해 주시는 모양이다.

그 상담을 통해 오빠가 자기와는 달리 왜 오랜 무기력증으로 힘들어했는지 조금은 이해하게 됐다고 했다. 나도 동생에게 늘 미안했지만 서로 잘 맞지 않는다는 이유로 늘 거리를 뒀었는데, 이제야 우리 가족을 참 많이 이해하게 된 것 같았다. 동생과 이렇게 속 깊은 이야기를 한 적은 내 평생에 처음인 것 같아, "고맙다"는 말을 진심으로 전했다.

동생, 참 고맙다. 그리고 사랑한다.

신랑은 가끔 가족분들과 식사하기로 했다면서 집을 나섰다.

처음에는 결혼까지 했는데 그의 '가족'에 왜 나는 포함되지 않는 걸까, 궁금하고 섭섭하기도 했다. 하지만 시간이 지나면서 신랑이 생각하는 '가족'의 개념을 점차 이해하게 됐다.

신랑의 가족은 어머님과 동생분 그리고 할머님. 그리고 또 다른 가족인 나. 신랑은 이렇게 두 가지 가족이 따로 존재해야 한다고 믿는 것 같다. 생각해 보면 나 역시 마찬가지였다. 나도 내 가족과 연락을 끊었으니 그들에게 신랑을 소개하지 않았고, 그러니 나에게도 인연을 끊은 '원래의 가족'과 신랑과 함께 꾸린 '신랑과 나' 두 사람만의 가족이 따로 있는 셈이다.

누군가에게는 이상하고 이해할 수 없는 결혼 생활이고 가족관일 수 있지만, 우리가 그동안 일방적으로 학습해왔던 가족이라는 개념을 조금 들춰내서 이성적으로 생각해보면, 처음부터 그게 옳은 건지도 모른다. 결혼했다면, 모두에게 서로 다른 두 가족이 존재해야 하는 건지도. 그러면 평등한 가족 관계를 조금 더 쉽게 꾸려 가고 관리할 수 있지 않을까? 어쩌면 이것이야말로 제대로 된 '결혼 관계'인지도.

엄마

#단골 문자, "알삼!"

엄마에게 종종 "알삼"이라는 문자를 받는다. 나름 젊은 세대의 언어를 쓰려고 그렇게 문자를 보내는 것 같은데, 그런 모습이 귀여우시다.

#아들 배웅하는 엄마

같은 양산에 살지만 자주 찾아 뵙는 편은 아니다. 오랜만에 들렀다가 돌아
갈 때 엄마는 이렇게 배웅해 주신다.

신랑과 8년을 만나고, 결혼까지 해서 같이 살고 있지만 아직
어머님과 가족분들을 만나 뵙지 못했다. 연애 초기엔 그저 '여자
친구'로만 나를 소개했고, 나와 동거를 결정하고 집을 나오며 나에
관해 이야기를 했다고 한다. 내 책《네 머리에 꽃을 달아라》를
가족들에게 건네고 내가 다른 여성들과는 조금 다른 태생을 가진
사람이라고.
그것이 겨우 4년 전 일이었기 때문에, 그 이전에 나는 종종
신랑에게 가족분들이 나에 관해 이미 알고 있는 것 아니냐고
묻곤 했었다. 요즘처럼 작은 휴대전화 안에서조차 세상 모든 일을
들여다볼 수 있는 시대에, 나같이 알려진 사람에 관한 것들은
이름만 검색하면 금세 찾을 수 있었을 테니 말이다.
그 이후로 누군가 문을 두드리거나, 전화 걸어오기를 나는
기다렸던 것 같다. 어머님이나 가족분들이 나를 찾게 될 시간을
각오하고 있었다. 어디서부터 어떻게 말을 해야 할까, 무얼 하고
무얼 하지 말아야 할까. 내 안에서 내가 지났던 시간과 아직
오지 않은 시간이 앞뒤 없이 뒤엉켰다. 하지만 누구도 찾아오지
않았고, 신랑을 통해 나를 보자는 연락도 받지 못했다. 혼인신고를
하겠다는 말을 가족분들께 했을 때 어머님께서 별말씀이
없으셨냐고 물었지만, 알아서 하라는 말씀만 하셨다고 했다.

27

하지 않은 말들, 하지 못 한 말들. 그때 우리 모두의 마음속엔 너무 많은 말이 있었지만 아무도 제대로 된 말 한마디를 꺼내지 못했다. 어머님께 도움을 받아 새집으로 이사하고 나서 첫 설을 맞았을 때, 감사한 마음을 무언가로라도 표해야 하지 않을까 싶었다. 결혼을 하고 큰 도움까지 받고 기본적인 인사조차 하지 않는 건 내 기준으로는 예의가 아니라고 믿었다. 직접 뵙는 건 나도 자신이 없었고 신랑의 가족분들께도 부담스러운 일이지 않을까, 고민을 하다 결국 신혼여행 영상을 담은 USB와 편지를 써서, 한과 한 상자와 함께 어머님이 사시는 아파트 단지 경비실에 가져다 놓았다. 그걸 받아 보시고 어머님이 신랑에게 문자를 보냈고, 신랑은 그 문자를 나에게 보여 주었다.

신랑 몰래 조금 울었고, 나 자신을 납득시키는데 많은 시간이 걸리지는 않았다. 어떤 관계는 가까이 있는 것보다 멀리 있는 게 서로에게 좋다는 걸, 이미 나는 알고 있었으니까. 어머님께, 신랑의 가족분들께, 죄송하고 또 감사하다.

엄마의 귀 수술

엄마의 고막에 구멍이 뚫려 한쪽 귀가 잘 안 들리고 윙윙거리는 소리가 들린다고 하셔서 그 구멍을 메우는 수술을 했다. 회사에 연차를 내고 엄마랑 같이 병원에 가서 수술하고 보호자로 병실에 같이 있었다.

내가 이제 엄마의 보호자라니, 기분이 묘했다. 나는 늘 엄마의 아들이었는데, 이제 엄마를 챙기고 돌봐야 하는 나이가 되었구나 싶었다. 나이가 들면 다시 어린 시절로 돌아간다고 하는데, 할머니가 되어 가는 엄마 모습을 보면 귀여울 때가 많다.

엄마는 사진발이 안 받는다고 (사진에 찍히면 인상 쓰고 있는 모습만 찍힌다) 사진을 잘 안 찍으시는데, 엄마랑 이야기하며 뜬금없이 사진을 찍었다.

이제 그만 아프셔야 할 텐데.

#의학 드라마 〈용팔이〉를 몰입해 보시는 우리 엄마

내가 없는 동안 까칠한 젊은 간호사들과 한바탕하신 모양이다.

연륜이 부족해서 그럴까, 대단한 친절을 바라는 것도 아닌데

엄마는 섭섭하셨던 모양이다. 엄마 옆에 앉아 간호사들을 같이

흉보고 호응해 드리니 엄마도 상한 감정이 풀리신 것 같았다.

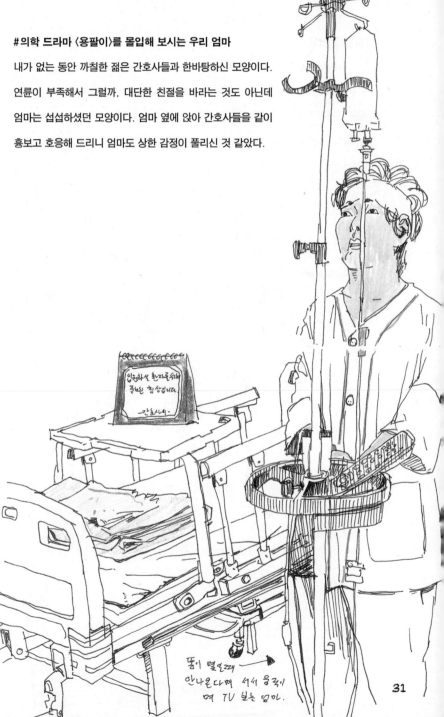

#수술 후 단잠 자는 엄마

같이 입원하신 분이 수술 후 4인실로 옮기셔서 옆 침대가 비었다. 조용해서
좋다(여긴 2인실). 수술은 잘 끝난 것 같다. 엄마 사진을 찍으려고 하니 한사코
"싫어, 싫어!" 하신다. 그래서 단잠에 빠지신 동안 잠시 그림을 그렸다. 8박
9일 동안 입원하신다고 하는데, 치료가 다 끝나면 눈도 치료를 받아야겠다고
하셨다.

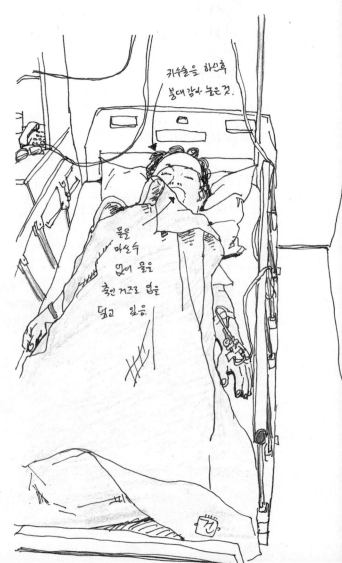

동생의 자궁 근종 수술

동생이 나이 서른일곱에 자궁 근종 수술을 하게 되었다. 병문안을 갔더니 기운 없이 부스스한 모습으로 나를 맞아 주었다. 링거를 꽂고 돌아다니는 모습을 찍었더니, "동생이 이런 몰골로 있는데 그림 그리려고 사진 찍냐"고 한 소리 했다. 수술 후에 너무 아파서 밤새 울었다는 얘기를 듣고 꽃다발을 받으면 동생의 기분이 좀 좋아지지 않을까 싶어 꽃집에 들러 꽃다발을 사 갔다. 워낙 잘해주는 게 없는 오빠인데 생각지 않은 선물을 주니 무척 좋아 했다.

자꾸 걸어야 빨리 낫는다고 몸을 일으켜 침대 밖으로 나오려 하는데, 배가 아프니까 다리를 들어 올리질 못했다. 링거 기둥을 잡고 할머니처럼 구부정 한 몸으로 "아야, 아야"라고 앓으며 병실 밖 복도를 몇 바퀴 돌았다.

수술하니 너무 아파서 아기는 못 낳겠다고 했다. 정말 많이 아픈 것 같았다. 병원에 앉아 2시간 정도 있다 돌아왔다. 자궁에서 혹을 7개인가, 9개인가 를 떼어 냈다고 하던데, 삼십 대 후반은 정말 건강을 돌봐야 할 나이인 것 같다. 빨리 회복하고 앞으로도 건강하길….

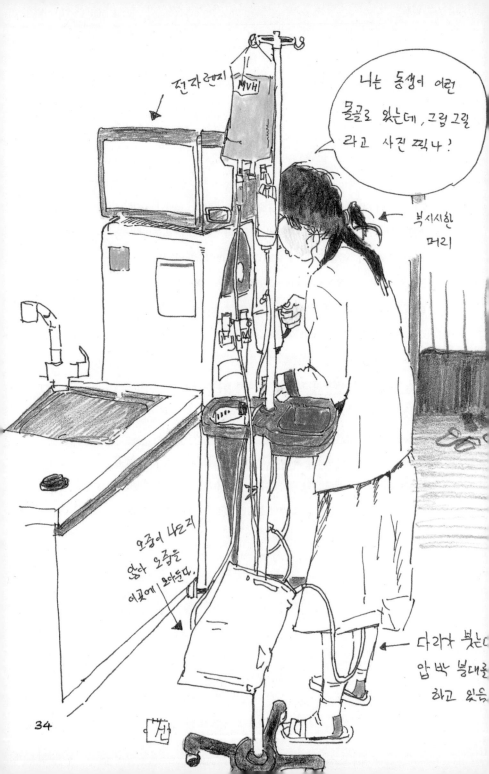

우리는 서로의 가족 일에 특별한 요청이 있지 않은 이상, 서로 관여하지 않는다. 처음부터 약속하고 그렇게 된 건 아니었지만, '서로의 가족은 각자의 가족일 뿐 우리 두 사람의 가족 일로 확장하지 말자'는 암묵적 동의가 이루어졌던 것 같다.

어쩔 수 없이 그렇게 된 면도 있다. 나의 부친은 이미 내가 대학생 때 돌아가셨고, 엄마는 재가해서 다른 분과 살고 있다. 큰오빠나 동생과는 연락을 끊은 지 오래되었으니, 그가 고려해야 할 것은 이따금 전화를 주는 재가한 내 엄마뿐이다. 그마저도 한 차례 통화를 한 적은 있지만 신랑도 내 엄마를 직접 본 적은 없다.

서로의 가족을 모른 채 두 사람만 생각하며 사는 삶이 편리하고 평화로우면서도 가끔 적막할 때가 있다. 뛰어넘을 수 없는 것을 애써 뛰어넘으려 버둥거리지 않고 살기로 해서, 그 모든 관계에 변화를 주고 싶은 마음도 솔직히 나에게는 없는 것 같다. 그저 그 벽이 무엇일까 생각한다. 나와 그의 가족, 그와 나의 가족 사이뿐만 아니라 그와 그의 가족 사이, 나와 나의 가족 사이.

무너뜨리지 않고 이따금 벽 쪽으로 돌아앉아 그렇게 아무렇게나 말하고 아무렇게나 그린다. 어디에서 어느 자리에 계시든, 모두들 각자의 벽 앞에 그렇게 자유로우시기를. 괜찮으니까, 마음껏 즐거우시기를.

외할머니

엄마가 오래도록 초등학교 선생님으로 일했던 터라, 나는 외할머니 손에서
자랐다. 연세가 아흔이 넘으셨는데, 할머니는 아직 정정하시다. 아프지 않
고 자다가 돌아가시는 게 소원이라고 늘 말씀하신다. 나이가 들어 기운이
없으셔서 그런지 특별히 가고 싶어 하시는 곳도 없고, 드시고 싶어 하는 것
도 없다. 간혹 있는 가족 식사 때마다 식당 고르기가 쉽지 않다.

지금 엄마는 양산에, 할머니는 부산에 계신다. 나이가 들어서까지 서로에게
스트레스 주며 지내기 싫으시기 때문이다. 나는 이런 거리감이 좋다.

나는 할머니 집에 자주 가지는 않는다. 할머니와 같이 나눌 만한 이야기가
많이 없다. 우리 아버지 쪽, 친가에 맺힌 게 많으셔서 그런지 친가 욕을 많
이 하시는데, 친척 욕 듣는 것도 매번 쉽지 않다.

신랑은 정기적으로 한 번씩 할머니를 만나고 오겠다며 집을
나선다. 어머님께서 초등학교 교사였기 때문에, 신랑은 어렸을
때 외할머니 손에서 키워졌다고 했다. 그런 외손자에게 여자
친구가 있다니, 뵈러 갈 때마다 할머니는 신랑에게 나에 관해
물으셨던 모양이다. 그러면 달리 할 말도 없고 또 해서는 안 되는
이야기였으니, 여자 친구 이야기나 결혼 이야기가 나오면 "지금
당장 집에 가 다시는 오지 않겠다"고 협박 아닌 협박을 했다고

한다.

그런데 최근에 신랑의 동생이 할머니에게 내 이야기를 해 버렸다고
했다. 궁금했던 할머니께서 신랑에게는 묻지 못하고 동생에게
물었는데, 그냥 사실대로 말해 버렸다고.

큰 충격이셨을 텐데 신랑의 손을 붙들고 "잘 살어야 한다"고
말해 주셨다고 한다. 힘들게 살아왔을 사람이니 버리지 말고 위해
주며 잘 살아야 한다고.

너무도 죄송하고 감사해서, 좀 많이 울었다. 벽 쪽으로 돌아서서
신랑 몰래 한참 울었다.

짝지의 아버지

짝지의 아버지는 한국전쟁에 참전했다가 크게 다치셔서 후유증으로 오랜 시간 힘들게 지내다 돌아가셨다. 연애 초기에 짝지가 아버님의 오래된 흑백 사진을 내게 건네더니 그려 달라고 했다. 그림을 즐겨 그리지 않을 때였지만, 정성껏 그렸다. 그림 옆에는 짝지 글씨체로 아버님에게 전하는 편지가 쓰여 있었다. 일 년에 한 번, 짝지와 함께 대전 현충원에 인사를 드리러 간다. 하늘나라에서는 행복하셨으면 좋겠다.

신랑이 그림을 잘 그린다는 걸 알고 난 후 지나가는 말로 언젠가 돌아가신 아버지 얼굴을 그려 달라고 부탁했었다. 아버지에 대한 기억이 좋지 않았고, 그래서 아버지 사진을 가지고 있지 않았다. 신랑이 아버지 얼굴을 그려 준다면 참 좋겠다고 생각했는데 용인에 살던 어느 날, 아침에 혼자 일찍 일어나 러닝셔츠 차림으로 책상에서 끙끙거리더니 저렇게 손 흔드는 아버지를 그려 주었다. 우리 남매들에게나 엄마에게 워낙 무뚝뚝했고 또 무서운 아버지였기에 저런 모습은 본 적 없는데, 그는 표정 없는 아버지 얼굴 아래에 우리를 향해 반갑게 손 흔드는 모습을 만들어 주었다. 분명 사진 속 아버지는 웃지 않았는데, 저 선글라스 속에 아버지의 웃는 눈이 보이는 것만 같았다.

나는 그림을 끌어안고 환호성을 질렀다. 신랑이 보지 못하게
눈물도 찔끔거렸다. 눈물 나도록 기쁜 날이었다.

짝지의 절친

짝지에게는 많지는 않지만 이십 년 지기 친구들이 몇 분 있다. 가족이 없는 짝지에게 그들은 가족 같은 존재이다. 짝지에게 소중한 사람은 내게도 소중해서, 그들이 늘 고맙다.

"가족이 없다"고 말하는 건 가족을 지우는 게 아니라, 나를 지우는 일인 것 같다. 나 같은 사람에게 '가족'의 의미는 단순할 수가 없는데, 그럼에도 피를 나눈 우리 서로에겐 너무 많은 일이 있었고, 가족으로서 나도 너무 못 할 짓을 했었다. 서로에게 상처가 되고 상처를 주는 관계라면, 낡은 서류 위 같은 줄을 깔고 앉은 글자 몇 개에 불과하다. 어차피 나는 나의 피와 나의 살을 거역하며 내 삶을 일구어 왔으니, 여기 이 나라의 현실에서 그토록 매달리는 가족이란 건 나에게 그저 구경거리일 뿐이다.

그래서 나는 오래전부터 내 곁을 지켜 준 지인들을 '가족'이라 불러 왔다. 그들에게도 여러 번 이야기했었다. 나에게 좋은 일이 있으면 가장 먼저 그들을 찾을 것이며, 나에게 슬픈 일이 있어도 가장 먼저 그들의 어깨를 그리워할 것이고, 나에게 중대한 변화가 생기면 그들에게 가장 먼저 연락할 생각이다. 그들이 나를 가족으로 생각하든 친구로 생각하든, 그냥 아는 누나나 언니로 생각하든 상관없다. 내가 가족으로 삼기로 했다면 나의 가족.

'가족'의 의미란 원래 그 비슷한 걸 테니까.

Thanks to 민영, 창선, 소영 그리고 그들의 짝지님들.

42

말없이 믿어 주는 친구, 소라

장소라는 8년 정도 된 좋은 친구이자 동생이다. 처음에 내가 눈물 흘리는 모습이 신기하다면서 쉽게 마음을 열고 다가와 나를 좋아해 준 친구다. 우울하고 무기력할 때는 친한 친구라 하더라도 만나기가 좀처럼 쉽지 않은데, 그래도 이 친구는 만날 마음을 낼 수 있는 친구이다. 가서 말없이 있어도 괜찮은 친구.

소라는 대안학교 선생님인데, 지금은 육아 휴직 중이다. 우리 부부는 아이를 가질 계획이 없는데, 내가 좋아하는 친구의 아이다 보니 하진이를 보러 자주 들른다. 하진이 모습을 그때그때 그림으로 많이 담았다. 아이를 키우는 경험은 사람을 성장시키는 큰 공부라고 생각하는데, 나는 기저귀를 갈아 보기도 하고, 똥 묻은 엉덩이를 씻기기도 하는 등 하진이를 통해서 간접경험을 해 본다. 매일 아이를 보는 일은 너무나도 힘들고 에너지와 시간이 많이 들지만, 아이가 커 가는 그 순간순간이 새로운 만남과 공부의 시간일 듯해서 1~2주에 한 번씩 들르고 있다. 하진이가 쭈욱 커 가는 과정을 그림으로 기록해서 모으면 그것만으로도 꽤 괜찮은 책이 되지 않을까. 제목은 《갓 파더》라고 짓고 말이다.

소라는 내가 양산에 내려와 만난 친구 중에 거의 유일하게
말을 편하게 하는 동생이다. 신랑에게도 그렇지만 나에게도
처음부터 워낙 친근하게 대해 줘서, 나는 그녀를 자연스럽게 내
친동생쯤으로 생각하게 되었다. 신랑과 나는 너무 쓸데없을 정도로
생각이 많고 고민도 많은 편인데, 그녀는 아무리 복잡하게 꼬인
일 앞에서도 언제나 씩씩하고 경쾌함을 잃지 않는다. 우울하고
무기력한 신랑에게도 그녀는 좋은 친구이지만, 나 역시 그녀에게서
많은 걸 배운다. 작년에 좋은 사람과 결혼하고 최근에 딸 아이를
출산했는데 그녀가 꾸려갈 육아는 또 어떤 모습일지. 서로 사는
곳이 좀 떨어져 있지만 언제든 "저녁 먹을까?"라고 연락해서
특별한 일 없이도 사는 이야기를 나눌 수 있는 사람. 신랑이나 나나
몸이라도 성하면 아기도 보러 가고 싶은데, 한동안 쉽지 않을 것
같다.

카리스마 킹왕짱 울 짝지

내가 그린 인물 중에 짝지가 참 많다. 8년 동안 만나고 같이 생활하고 늘

곁에 있는 사람이라서 사진도 많이 찍었고 그러다 보니 많이 그리게 된다.

큰 키에 넓은 어깨, 짝지는 매력적인 사람이다.

신랑이 나를 참 많이 그리기는 한다. 그림을 계속 그리라고 부추긴 것도, 틈틈이 그려 달라고 조른 것도 나였으니 그가 나를 많이 그리는 건 당연한 건지도 모른다. 게다가 '소설가'라는 직업을 가진 사람에 대한 일반적인 이미지와는 달리 별난 짓도 많이 하고 장난도 많이 쳐서 신랑이 그리는 내 모습에 예쁘고 우아한 모습 같은 건 있을 리가 없다. 심지어 그의 휴대전화에 저장된 내 사진들은 절대 유출되어서는 안 되는 우리 두 사람만의 대외비(!). 그나마 평범하게 웃는 얼굴은 아예 남기지 않고, 이상한 표정을 짓거나 웃긴 순간에 득달같이 휴대전화를 들어 그 모습을 카메라에 담는다.

책상 위에 펜을 들고 앉아 혼자서 킥킥거리고 있을 때는 영락없이 이상한 표정의 내 얼굴을 그리고 있을 때다. 다른 여자들을 그릴 때는 또 어쩌면 그렇게 정성스럽고 아름답게 그려 주시는지. 제발 나도 좀 '지구인(?)'으로 그려 달라고 그렇게 투정을 부려도 요지부동. 그런 내 모습이 이쁘다며 퉁치는데, 뭐라 할 말이….

"어이, 신랑님. 나도 예쁘게 찍히고 싶다고요. 나도 제대로 된 얼굴의 내 그림 하나 갖고 싶다고요!"라고 아마 저 그림을 그릴 때도 여러 번 투덜거렸을 게다.

배 위에 키보드를 올리고 원고 교정

짝지가 늘 소설만 쓰다가 지인을 통해서 에리히 프롬Erich Pinchas Fromm 전
기 번역 일을 맡았다. 번역을 다하고 출판사에 보냈더니 700페이지나 되는
교정지가 왔다. 교정지를 다시 살펴보시는 모습.

글을 쓰며 살다 보니 원고 쓰는 일은 나의 일상 중 가장 많은 부분을 차지한다. 다른 유명 작가들처럼 작업실 같은 것도 없고, 조용한 카페 구석에서 글을 쓰거나 우리 집 베란다에 등받이 의자 하나를 놓고 거기에 앉아 온종일 원고 작업을 한다. 그래서 나에겐 처음부터 책상에 앉아 작업하는 습관 자체가 없었다. 무릎 위에 올려 또각거리며 원고 작업하는 게 제일 익숙하다 보니, 그게 내가 원고를 쓰는 모습이 되어 버렸다.

아마 육필 원고를 적어야 하는 옛날이었다면, 나는 아예 글을 쓰며 살지 못했을 거라고 사람들에게 이야기하곤 한다. 아닌가? 그때는 또 그 나름의 방식을 찾아 갔으려나?

그나저나 그렇게 원고 작업하는 나를 그림으로 옮기면서도, 나를 향한 신랑의 시선은 항상 저런 식이다. 그냥 '원고를 교정하는 짝지' 이렇게 쓸 수도 있을 텐데, '배 위에 키보드를 올리고'라는 표현을 굳이 넣어 사람들의 시선을 '배'로 유도하다니. 뭐…. 그래도 이 그림은 나도 마음에 들긴 한다. 그림이 멋진 건 인정할 수밖에.

다다다 다 다

집에 이억이 많다. 킹비님 좋아하는 색

발 올려 놓는 ㅅ

50

소파에서 원고 집필

김비 작가님은 주 5일제. 오전에 출근해서 오후에 퇴근하신다. 날씨가 좋은 날에는 베란다에서 작업하고, 추운 겨울에는 거실 소파에서 작업하신다. 음악도 틀어 놓고. 짝지는 책상보다 다리 위에 올려놓고 작업하시는 게 편한 모양이다. 나는 옆에서 그림 작업하다 힘들면 쉬다가, 만화책 보다가, 또 딴 짓하다 그런다.

신랑과 결혼하고 새집으로 이사를 오면서 거실은 책방 느낌으로 꾸몄다. 어차피 신랑도 다양한 책 읽기를 좋아하고 나도 책과 관련된 삶을 살고 있으니 책과 함께하는 공간을 꾸미는 것이 자연스러웠다. 하지만 우리가 이사한 아파트는 겨우 스물네 평. 두 사람이 살기에는 충분하지만 이것저것 짐을 넣다 보면 금방 차 버려 효율적인 공간 활용이 필수였다.

일단 책들을 놓아야 하는데 거실이 좁으니 아래 선반만 있는 개방형 책장이 좋을 것 같았고, 3인용 소파든 2인용 소파든 고정된 자리를 차지해 버리면 곤란할 것 같아 언제든 움직일 수 있는 1인용 의자를 선택했다. 다만, 우리 둘 모두 영화를 참 좋아하기 때문에 이사하면서 큰 TV를 사자는 생각은 여지없이 하나로 모아졌다(물론 내 의견이 훨씬 더 많이 반영된 것이긴 하지만. 내가 제안, 신랑은 동의).

그래서 가장 저렴한 65인치 TV를 검색해 들였고 거실장에 올리는 대신 벽에, 회전되지 않는 벽걸이형으로 걸었다. 영화를 볼 때는 1인용 의자를 TV 쪽으로 돌려 영화를 보고, 내가 작업할 때는 카페의 한구석처럼 1인용 의자를 서로 마주 보게 놓고 작업한다. 베란다에도 편안한 의자 2개를 나란히 놓아 날이 풀리면 그리로 나가 다리 위에 랩톱을 놓고 작업을 한다.

신랑은 책상이 필요해 그의 방에는 긴 책상 2개를 나란히 놓았고, 주방 식탁도 6인용으로 선택해 길게 놓았다. 신랑이 지금처럼 우울증으로 고생하지 않을 땐 나는 거실에서 원고 작업을 하고 신랑은 등 뒤에서 그림을 그렸다. 어서 빨리 우리 두 사람 모두 다시 그런 일상으로 돌아갈 수 있기를.

신작 소설에 사인 중

유명하지 않은 소설가에게 출판할 기회는 그렇게 자주 오지 않는다. 오랜만
에 짝지의 새 소설책이 나와 출판사에서 집으로 책 20권을 보내 주었다. 책
을 받자마자 지인들에게 선물하기 위해 사인하시는 모습. 새 책이 나오면
제일 첫 번째로 나에게 사인본을 선물해 주신다.

소설 쓰느라 수고 많이 하셨습니다.

사람들이 흥미롭게 읽었으면 좋겠습니다.

사랑합니다.

원*집중 하면

입이 이

모양이

되인다.

2007년에 과분한 상을 받고 '소설가'라는 이름을 얻었지만, 나는
여전히 '문학'을 모른다고 말하는 편이다. 사람을 웃기는 게
문학일까, 사람을 울리는 게 문학일까? 사람에게 깨우침을 주어야
문학일까, 사람을 성장하게 해야 문학일까? 모르겠다. 나는 그저
어딘가에 살고 있을 어떤 '삶'을 상상하며 이야기를 적을 뿐이다.
그들에게 생명을 주고, 그들을 책 한 권에 담아 끌어안고 싶을
뿐이다.

문학에 대한 신념이 부족해서인지 2007년 수상 이후, 나는 더 이상
소설을 쓰지 못했다. 쓰려고 했지만 잘 안 됐고 그래서 포기했다.
누구나 그러하듯 혹독한 시련을 맛보았고, 거짓말처럼 지금 이
사람이 내 책의 팬이라고 나타나 나를 다시 문학 앞으로 떠밀었다.
화석처럼 쪼개진 2007년 상패를 내 방구석 어딘가에서 찾아내 다시
붙여서 내 앞에 내밀며 "나에게 당신은 글을 쓰는 사람"이라고 말해
주었을 때, 문학이 무엇이든 내가 그쪽으로 걸어야겠다고 생각했다.
그리고 지금까지 부족한 글을 열심히 쓰고 있고, 감사하게도
몇 차례 책을 낼 기회가 있었지만 여전히 나는 '유명 소설가
지망생'처럼 살고 있다.

작품을 완성하면 원고를 제본해 가장 먼저 신랑에게 건넨다.
책이 나와도 제일 먼저 신랑의 이름을 적고 신랑에게 건넨다.
신랑이 아니었다면 나는 소설을 쓰고 있지 않았을 것이다. 황당한
수사라는 걸 알지만 나에게 문학은 이 사람이고, 이 사람을 만난
일이다. 요즘 말로, '팩트'다.

연애 초기 인사동에서 만든 도장

연애 초기 2년 동안 용인과 양산을 오가며 장거리 연애를 했다. 첫 겨울에
인사동에 데이트를 하러 갔다가 짝지가 내 이름의 도장을 파서 선물로 주셨
다. 중간에 이 도장이 어디 갔는지 몰라 잃어버린 줄 알았는데, 우연히 엄마
집에서 내 방을 정리하다가 발견했다. 그림에 사인 대신 빨간 도장을 찍으
면 멋지다.

신랑을 만난 건 2009년 11월, 나는 그때 마흔이었고, 신랑은
서른넷이었다. 내 홈페이지를 통해 서로 이야기를 주고받다가
지나가듯 같이 영화라도 한 편 보자, 말을 나눴더랬다. 모든 연애가
그러하듯 그날 본 영화도, 그날 내린 비도, 그날 곤두박질쳤던
늦가을의 기온도, 내가 입었던 주머니 없는 얇은 외투도 모두 우리
두 사람의 만남을 위해 준비된 것만 같았다. 그날 우린 헤어졌고,
다시 만났고, 그렇게 너무도 자연스럽게 연애는 시작되었다.
내가 어떤 태생을 가진 사람인지 이미 그는 알고 있었기 때문에,
나로서는 오히려 훨씬 더 홀가분했다. 이전의 다른 남자들이
그랬듯 이 사람도 자연스레 시간이 지나면 나를 떠날 테니, 내가
먼저 도망칠 이유도 없었고 그럴 만큼 순수하지도 않은 나이였다.
마음껏 사랑을 즐겼다. 여섯 살의 나이 차이를, 그보다 더 넘기

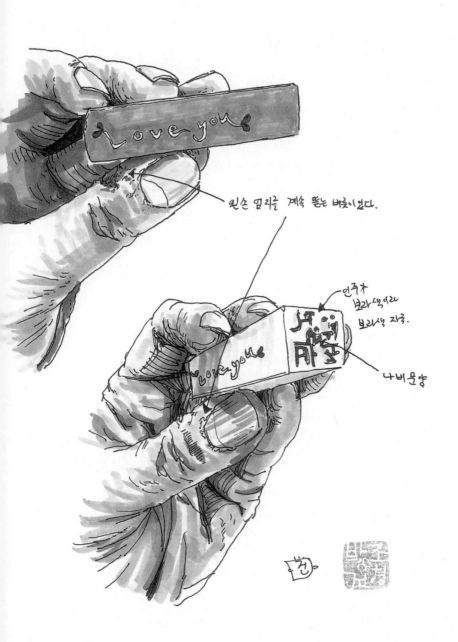

왼손 엄지를 계속 뜯는 버릇이었다.

인주가
브라색이라

브라시 자국.

나비문양

힘들었을 태생의 한계를 서로 알고 있었기에 순간순간의 사랑을
온 힘을 다해 만끽했다. 그 사람의 마음이 진심이라는 걸 느끼면
느낄수록 '이 순간이 다시 오지 않겠구나'라고 깨달았고, 그래서
더 치열하게 사랑했다. 싸우고 토라질 시간도 나에겐 낭비였다.
사랑만으로도 모자랐고, 나에게 사랑이란 진실을 보여줄 수 있는
남자라면, 그것만으로 족했다. 지구별에 하나뿐인 사람을 마침내
만난 것처럼, 나는 그렇게 사랑했다. 신랑에게 그때 사랑의 모양은
어땠는지 모르지만, 나에겐 정말 그랬다.

커플 문신

타투이스트인 진주 씨에게 놀러 가서 대화를 나누다가 우리 커플에게 선물로 문신을 해 주신다길래 얼떨결에 하게 되었다. 왼손 안쪽에 고대 룬문자(게르만족이 1세기경부터 쓰던 특수한 문자)로 짝지의 이름을 새겼다. 짝지는 손목 위쪽에 파란 나비 문신을 했다.

우리 부부는 커플링이나 결혼반지가 없다. 대신에 커플링 같은 문신을 했다. 내 왼손 약지에는 짝지의 이름 '飛(날 비)'자가 새겨져 있고, 짝지의 약지에는 '建(세울 건)'자가 새겨져 있다. 문신을 처음 했는데, 생각보다는 아프지 않고 참을 만했다. 짝지는 많이 아팠다고 했다.

결혼반지 대신 커플 문신을 하면 어떻겠냐는 제안은 내가 한 것이었다. 그는 가난한 생산직 노동자, 나는 생계조차 유지하기 힘든 가난한 소설가. 우리에게 몇 백, 몇 천을 들이는 결혼식은 꿈도 꿀 수 없는 일이었다. 애초부터 누군가와 비교하며 살지 않았고, 오히려 그래서 더 우뚝 서서 혼자만의 삶을 키워 왔기에 섭섭하지도 않고 이상하지도 않았다. 오히려 남들과는 다른 징표를 갖게 된다는 사실에 나는 꽤 신났었다.

몸에 문신을 새기는 일에 신랑은 처음엔 단호하게 거부하다가, 언젠가 지나가는 말로 물으니 해 보자고 그랬다. 2600일

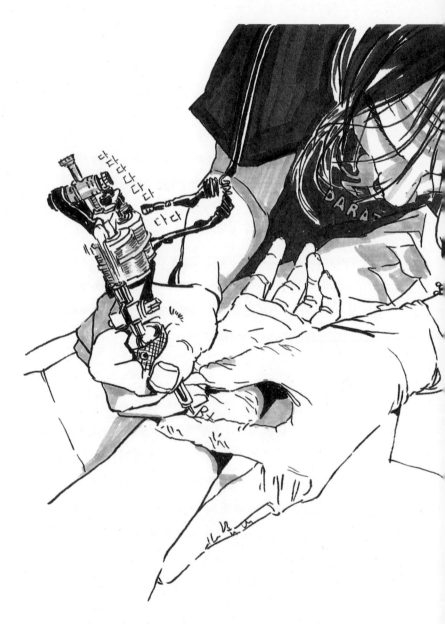

기념일이던가? 그날은 웬일로 순순히 그러자고 대답해서 바로 다음
날 약속을 잡아 손가락 위에 서로의 이름을 새겼다.
결혼반지나, 웨딩 사진이 없는데도 괜찮냐고 누군가 물었던 것
같은데, 솔직히 털끝만큼도 서운하거나 속상하지 않다. 사람은 모두
다른 사람, 사랑도 모두 다른 사랑. 그 모든 것들이 다 똑같아야
한다는 말 자체가 오히려 어불성설일 뿐, 달라야 당연하고 오직
나만의 것이어야 당연한 일이다.

그래서 우리는 우리만의 사랑을 했고, 우리만의 징표를 남겼다.
그리고 지금 역시 우리만의 방식으로 같이 산다.

픈신
커플링.

飛들 날 비
建 세울 건

통도사에서 짝지를 업고

책 읽기 모임 멤버들과 함께 통도사로 소풍을 갔다. 날씨도 좋고, 지인들과
함께 오니 기분이 너무 좋아 짝지를 업어 주고 싶었다. 체격이 나랑 비슷해
서 잘 업히지 않으려고 하시는데, 그날은 흔쾌히 업혀 주셨다.

나는 178센티미터, 신랑은 177센티미터. 게다가 나는 한때 남자가
되어야 한다는 강박으로 농구를 정말 열심히 했었다. 그러니
어깨도 떡 벌어져 웬만한 남자 어깨 못지않다. 그나마 지금은
남자든 여자든 키 큰 사람들이 많지만 내가 스물, 서른이었던
시절에는 나처럼 큰 여자는 찾으려야 찾을 수가 없었다. 그래서
항상 자그맣고 귀여운 여자들이 부러웠다. 마음껏 가서 안기고
원할 때면 언제든 매달리고, 신랑에게 나도 그래 보고 싶었던 게
솔직한 심정이었다.
나도 저 때가 기억나는데, 신랑의 등에 업혀서도 온몸이 긴장되어
발버둥 치듯 업혀 있었다. 그나마 신랑의 어깨가 넓어 다행이었다.
맞다, 신랑의 어깨는 충분히 넓은데, 나는 자꾸 잊어버리고 만다.

조명
관실

63

돼지 인형으로 가득 찬 차

패스트푸드점 주차장에 앉아서 처음으로 내 차 안 풍경을 그려 보던 날.

싸게 운용할 수 있는 경차가 나는 참 좋다. 별생각이 없다가 출퇴근할 때

필요해져서 엄마께 돈을 빌려 샀고 1년 만에 그 돈을 다 갚았다.

신랑을 처음 만났을 때, 나는 학원에서 아이들 가르치는 일을 하고
있었고 신랑은 직업 교육원에 다니고 있었다.

나는 경기도, 신랑은 부산 근처 양산에서 살고 있었기 때문에
우리는 이 주일에 한 번씩 번갈아 오르내리며 2년 동안 장거리
데이트를 했다.

신랑이 용인으로 올라오면 내 차로 이동하며 데이트를 했지만,
내가 양산에 내려가면 신랑이 차가 없어서 우린 버스나 지하철을
타고 여기저기를 돌아다녔고, 나는 그게 크게 불편하진 않았다.
그러던 즈음 직장을 잡고 차를 하나 구해야겠다는 이야기를 전화로
들었는데, 어느 날 양산에 내려가니 분홍색 경차 한 대가 주차장에
서 있었다. 처음으로 그가 모는 차를 타고 노포동 종합 터미널에서
나와 서면 쪽으로 함께 향했는데, 신랑과 함께 작은 차에 앉아
있던 그 순간이 참 근사했다. 마음껏 그의 손도 만지작거리고, 그의
어깨에 기대기도 하고, 가고 싶은 곳도 여기저기 다녔다.

신랑은 내가 돼지띠라고 그때부터 핑크색 돼지 인형들을 차
안에 사다 모으기 시작했는데, 시야를 다 가릴 만큼 사는 바람에
결국 몇 개는 버렸고 나머지는 지금 우리 두 사람이 사는 아파트
여기저기에 고이 모셔져 있다.

신랑은 아직도 저 차를 타고 다닌다.

십오 년을 탈 계획이시라니까 이제 반 정도 남았다고.

66

주유소에서 세차

짝지도 나도 경차를 한 대씩 가지고 있는데, 두 사람 다 차 관리를 거의 안하는 편이다. 이날은 짝지 차에 주유를 하고 자동 세차기를 통과했다. 내 차가 아니라서 나는 차 안에서 가만히 짝지가 물기 닦는 모습을 지켜보았다.

덕분에 나도 몇 년 전에 경차를 하나 샀다. 학원을 그만두고 집에서 글만 쓰고 있던 터라 엄두가 나지 않았는데, 틈틈이 강연이나 글쓰기 수업을 할 기회가 있어 모아두었던 돈에 나머지는 신랑에게 지원을 받아 구매 자금을 마련할 수 있었다.

신랑의 말처럼 나 역시 '차를 깨끗이 써야 한다' 혹은 '청결해야 한다'는 생각 없이 그저 실용적인 물건이라고 생각하며 쓰는 편이라 세차도 주유 쿠폰으로 어쩌다 한 번씩 하는 편이다. 신랑은 나에게 더럽다고 하고 나도 신랑에게 더럽다고 하지만 "깨끗하고 깔끔한 서로가 아니라서 편안하고 좋다"고 기회가 있을 때마다 우린 털어놓곤 한다.

하나의 생활 방식이 옳다, 그르다는 논쟁은 무의미한 것인지도 모른다. 서로에게 잘 맞는다면 서로를 바꾸지 않고, 그대로 존중하면서 함께 살 수 있다면. 그것만큼 바람직한 생활 방식은 없는 게 아닐까? 우린 더럽지만, 그래서 잘 맞는다.

주차장에서 망중한

예전에 짝지가 월세로 살던 집의 주차장 풍경.

날씨가 너무 좋아서 1층 나무 탁자에서 나는 그림을 그리고, 짝지는 태블릿

질 중. 그렇게 초여름 망중한을 즐겼다.

용인에서 양산으로 처음 이사와 마련한 집은 작은 원룸이었다.

도심지 한복판이나 주택가 한가운데를 별로 좋아하지 않는

편이라서, 외곽의 산 아래에 자리한 원룸 단지 제일 바깥에 집을

얻었다.

맑은 봄날 아침, 저 날은 햇살이 반짝거렸고 날씨도 참 좋았다.

필로티 건물의 주차장 구석에는 나무 탁자가 하나 놓여 있었는데,

저렇게 햇살 좋은 날 저 자리에 앉아 함께 망중한을 즐겼다. 기둥

뒤에 그린 내 차 모습이나, 낙서로 기둥에 저런 걸 그려 놓을

때였으니 서로 참 사랑하고 사랑받던 그런 때였던 모양이다.

사랑을 하다 보면, 그때 그 마음들이 시간에 뭉개져 보일 때가

있다. 김이 서린 창문처럼 말이다. 아무리 팔꿈치로 문질러도 더

흐릿해지는 것만 같다. 나 역시 지금은 그때의 그 순간들을 잘

기억하지 못한다. 반짝거렸던 햇살과 순수했던 마음들을 오래된

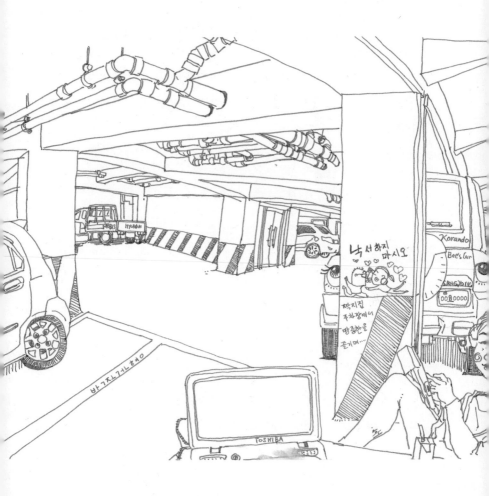

사진 한 장처럼 붙들고 있긴 하지만, 얄팍하게 만져지는 기억들이 이따금 초라하게 느껴지기도 한다.

너무 멀리 와 버린 지금, 다툼과 섭섭한 마음이 쌓이는 건 그 때문인지도 모른다. 사랑을 시작하는 순간 사랑은 늙어가고, 사랑이란 원래 변하는 거라고 인정해 버리면 간신히 붙들고 있던 그 모든 사랑의 기억마저 훼손되는 것 같기 때문에, 방법은 없다. 매일 그 사람을 새로이 사랑하는 수밖에. 기억하고 쓰고 그리며 내일 다시 또 사랑해야 하겠구나. 늙어가는 우리 사랑을 끌어안는 수밖에.

터널 안 교통사고

터널에서 차가 막혀 서행하고 있는데, 갑자기 뒤에서 "쾅!" 충격이 왔고 그 충격으로 앞 차를 살짝 받았다. 터널에서 나와 길가에 차를 세우고 사고 처리를 하는데, 내가 가입한 보험사가 저렴해서 그런지 제일 늦게 현장에 도착했다. 100% 상대방 잘못으로 정비소에 가서 수리를 맡기고, 정형외과에 가서 며칠간 물리 치료를 받았다.

첫 사고라 상당히 당황했는데 겉으로 당황하지 않은 척하고 잘 마무리했다. 사고 처리 후 물리 치료를 받고 집에 오니 기운이 쭉 빠져서, 삼겹살을 구워 비빔면과 함께 배불리 먹고 한숨 돌렸다.

5년 무사고였는데, 사고는 내 부주의만으로 생기지 않는다는 것을 뼈저리게 실감한 날이었다.

평범한 휴일, 청사포에 나들이를 갔다가 사고가 났다. 신랑도 따로 친구들과 잘 어울리지 않고 나도 어차피 이곳에 지인들이 많지 않아 휴일이나 연휴가 되면 우린 자주 나들이를 다녔다. 어딘가에 꼭 가야 한다는 목적보다는 오고 가는 길에 장난치고 이야기하고 그러는 게 좋았는데, 저 날은 터널 안에서 뒤차에 밀려 앞차를 쾅 들이받고 말았다.

차들이 속도를 내던 것도 아니었고 도로가 좁았던 것도 아니어서 사고가 나리라 생각하지 못했는데 가다 서다를 반복하다 뒤차 운전자가 꾸벅꾸벅 졸았던 모양이다.

다행히 다친 사람은 없었고 뒤차 운전자는 자신의 잘못을 인정하고 사과해 주어서 휴일 나들이를 망쳤다는 느낌은 들지 않았다. 다만 신랑이 차를 구입하고 처음 사고가 난 터라, 땀을 뻘뻘 흘리며 분주히 이리저리 도로를 뛰어다녀야 했다. 나는 창문을 닫은 채 걱정스레 바깥을 보고 있었는데, 주변 소리마저 지워진 TV 화면 같은 차창 밖을 보고 있자니, 과장된 몸짓으로 이리 뛰고 저리 뛰는 신랑 모습이 어쩐지 귀여워 보였다.

아주 사소한 것들이지만 막상 닥치지 않으면 모르는 그런 일들이 있다. 살다 보면 생각보다 그런 일들은 참 많다. 대단한 삶의 진리나 원칙들을 깨우치는 일도 중요하겠지만, 때론 그런 순간을 경험하고 배워가는 일이 더 중요하게 느껴질 때가 있다.

짝지의 사랑스러운 엽기 표정

짝지를 그린 그림 중에 멀쩡한 모습은 드물다. 대부분 과장되거나 웃긴 표
정이다. 내가 그런 표정 그리기를 좋아하는 걸 아셔서 그런지, 나중에는 일
부러 웃긴 표정들을 지어 주시기도 했다. 그런 표정들이 나에게는 너무 사
랑스럽다.

짝지께선 *도날드의 빅맥을 좋아하시는데, 오랜만에 먹고 싶다고 해서 사
다드렸더니 너무나 맛있게 드셨다. 먹는 모습을 놓치지 않고 사진으로 담아
그렸다.

우걱우걱 햄버거를 먹는 표정을, 참으로 정성 들여 세심하게
그리기도 하셨다. 아귀아귀 먹는 몸짓까지 표현하셨으니….
신랑이 나를 저렇게 그려 놓은 걸 보면 화가 나다가도, 그림을 너무
잘 그려 말문이 막혀 버린다. 혼날 걸 알면서도 꿋꿋이 그려 내는
저 용기(?). 두고 보자! 피

케찹

짝지 자는 모습 3종 세트

자는 모습이 어쩜 이리 이쁠까. 잠결에 휴대전화를 볼 때 통통한 얼굴이 귀엽
다. 자고 일어나서 부스스한 머리는 그리기 어려울 것 같았는데, 생각 외로
잘 그려져서 마음에 드는 그림.

지금은 사랑이 식어(?) 그런 경우가 없지만, 예전에는 신랑이
나보다 먼저 일어나 내가 잠을 자고 있으면 내 얼굴을 이리저리
어루만지고 쓰다듬고 그랬다(써 놓고 보니 왜 이리 부끄러운지).
잠결에 부스스 눈을 뜨면 "아유 예쁘다!"를 연발하며 입을 맞춰
주곤 했는데, 어느 땐가부터 자는 내 얼굴을 카메라에 담기
시작했다. 그러고는 혼자서 킥킥거리고 찍은 사진을 보여 주지
않은 채 그림을 그렸다.

아예 장난스레 그렸다면 찢어 버렸을 텐데, 사진처럼 있는 그대로
상세하게 그려 놓으니 이건 뭐 어찌해 볼 도리가 없다. 그 뒤로는
자다가 무슨 소리가 들리면 냅다 이불을 뒤집어 쓴다. 나도 어서
신랑만큼 그림을 잘 그리게 되어, 신랑의 엽기 표정을 그려야지.
두고 보자! 피

아이고 신랑 죽네

물론 설정 장면이다. 내 배 위에 발을 올리고 있는 모습을 짝지에게 찍어 달라고 했다. 짝지에게 맞고 지내고 그런 건 아니다. 두 번째 그림도 지인이 베란다에서 찍어준 설정이다. 이런 장면들이 그리기에 재미있으니까.

이 그림을 보고 얼마나 웃었는지 모른다. 어쩜 저렇게 황당무계한 그림을 말도 안 되게 잘 그려 놓았는지. 그림과 일상을 가지고 놀며 우리 두 사람은 참 많이도 웃고 또 웃었다.

순간 많은 감정이 거품처럼 솟아올랐다가 사라진다. 8년이면 긴 시간인데, 순식간에 어디론가 사라져 버린 것만 같다. 사진으로도 남겨 놓고 영상으로도 남겨 놓았지만 그 시간에 존재했을 '사랑'을 제대로 붙잡아 두었는지는 잘 모르겠다.

믿을 수 없는 사랑을 하고 믿기지 않는 결혼이란 걸 하고, 다시 그때의 사랑을 과연 믿을 수 있을까. 슬그머니 나도 모르는 의혹이 고개를 든다. 사랑이 돈이 되고, 사랑이 집이 되고, 사랑이 관계가 되고, 사랑이 양육이 되어가는 이 시대에 우리 두 사람은 서로만 사랑했던 것 같다. 모두의 사랑이 그러하듯 우리들의 사랑 역시 지금은 그 모양이 많이 달라졌지만 그럼에도 그때의 사랑을, 지금의 사랑을 부인하지 않는다.

여기에 있는 우리가 그때의 우리가 아니라는 이유로 지워 버릴
수 없는 것처럼, 사랑 역시 단지 나이 들고 있을 뿐 '사랑'의 이름
그대로일 테니까.

그래서 우린
사랑하며 살았고,
지금도 사랑하며 살고 있다.

일상 둘　　**임대 아파트에 월세 삽니다**

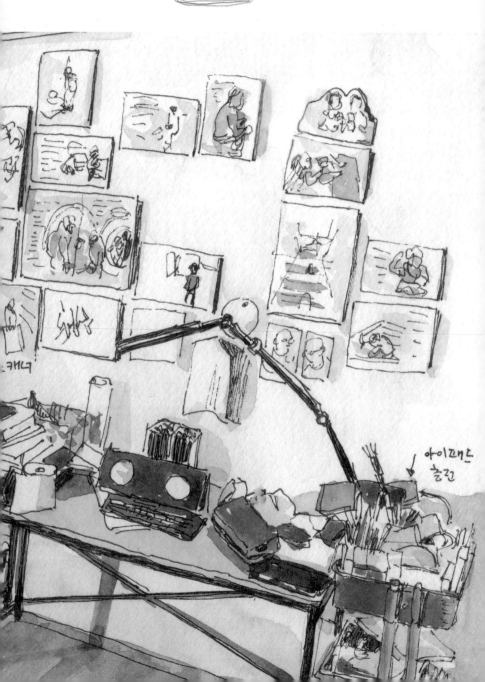

주방 풍경

처음 같이 살았던 아파트의 주방 모습. 냉장고에는 우리 부부가 함께한 추억의 사진들이 잔뜩 붙어 있다. 그 옆 신발장에는 내가 그린 짝지 그림도 있다. 주방 식탁에 앉아 1시간가량 그렸다.

우리의 첫 보금자리는 소박하고 아담했다. 개인적으로 이도 저도 아닌 어정쩡한 인테리어를 별로 좋아하지 않아서, 아예 아무것도 없이 깨끗하거나 그게 아니라면 나만의 방식으로 꾸미는 걸 택한다. 그래서 낡은 집에 살면 주로 냉장고나 벽에 많은 걸 붙여 놓는 편이다. 특히 사진을 좋아해서 둘이 함께 찍은 사진들을 붙여 놓았고 신랑의 그림도 엽서 비닐 봉투에 담아 신발장에 고정해 두었다.

인테리어라는 것이 비싼 가구나 장식장 혹은 고급스러운 전자 제품들이 있어야만 가능한 거라고 생각하진 않는다. 우리 각자에게 어울리는 인테리어가 있고, 자기만의 방식으로 자신이 사는 공간을 꾸미는 것이 '사는 멋'이며, 누구에게나 자신의 삶을 멋지게 꾸밀 자격이 있다고 나는 믿는다.

당시에 이사하고 가장 비싸게 샀던 가구는 책상 앞에 앉아 일을 많이 하는 신랑과 나 두 사람을 위한 '회장님 의자' 2개였고, 그마저도 10만 4천 원짜리 조립식 팔걸이 의자여서 둘이 낑낑거리며 조립했던 기억이 난다. 워낙 튼튼하게 만든 의자라서, 지금도 여전히 잘 쓰고 있고 앞으로도 꽤 오랫동안 쓰게 될 것 같다.

싱크대 그리기 힘드네

별생각 없이 그림을 그리기 시작했는데, 예상 외로 싱크대 그리기가 어려웠다. 싱크대 안의 접시들, 바깥의 접시들, 위에 놓인 컵들, 양념통, 수저통 등 하나하나 그리는 데 시간이 꽤 오래 걸렸다.

주방용품이나 그릇들도 조금 꼼꼼하게 고르는 편이다. 남녀를 떠나
아마도 주방을 꾸미는 모든 사람이 마찬가지일 텐데, 역시 나도
그릇 욕심이 좀 있다. 하지만 비싼 그릇보다는 다이*에서 파는 이천
원, 삼천 원짜리 그릇을 더 좋아한다. 화려한 무늬가 마음에 들기도
하고, 여러 개 사다 놓고 써도 부담이 없으니 말이다.

밥그릇이나 국그릇이 따로 있는 한식용 식기를 쓰는 대신 커다란
접시 하나에 밥과 반찬을 담아 먹는 편이라 신랑과 함께 살며 밥을
먹을 때에도 반찬은 세 가지 정도를 한 접시에 나눠 담고, 밥도
접시에 담아 먹는다.

원래 혼자 살 때도 절대 반찬 그릇을 통째로 식탁에 늘어놓고 먹지
않았고, 신랑과 함께 살 때도 마찬가지. 식사 때마다 반찬을 접시
위에 가장 예쁘게 담아 내 자신에게 대접하듯 밥을 먹는다. 비싼
그릇, 풍족하고 기름진 음식은 아니지만 우리에게 주어진 음식과
식사 시간을 충분히 누리며 우리 자신을 대접해야 하는 거라고,
그게 바로 가족의 식사 시간이고 우리의 몸과 마음을 살찌우는
식사 시간이라고 나는 믿는다.

식사는 간단하게

우리 두 사람은 먹는 것에 큰 흥미가 없어서 가능하면 간단하게 먹으려고
한다. 양산에서 유명한 반찬 가게에서 2주마다 반찬을 사 와서 먹고, 한 번
에 많은 요리를 하지 않는다. 적은 시간을 들여서 빨리 먹고 치우는 편이다.
국이 없어도 둘 다 밥을 잘 먹는다. 남은 반찬과 밥에다가 달걀과 고추장을
넣고 비벼 간단하게 먹을 때도 많다. 아침은 과일만 먹을 때도 있고, 시리얼
에 우유만 말아서 먹기도 한다.
요리하지 않는 자, 반찬 투정하지 말지어다!

요리라는 걸 시작한 때는, 아마 중학생 때부터였지 싶다.
'요리'라고 부르기도 민망하지만, 엄마의 부재로 인해 당시 중학교
2학년이던 내가 무엇이든 해야 할 때였다. 기껏해야 달걀프라이를
부치고 두부를 굽는 정도였지만, 불 앞에 서서 누군가를 위해
먹을거리를 만들던 때는 그때가 처음이었다.
누구나 그렇겠지만 혼자 살면서는 잘 챙겨 먹지 않게 된다. 그래도
나는 지독한 편이어서 혼자서 밥을 먹어도 반찬을 꼭 접시에
일일이 나누어, 될 수 있는 한 최고로 근사하게 차려 먹곤 했다.
신랑과 같이 살면서 내가 음식을 하게 된 건 자연스러운
과정이었다. 남자는 바깥 일, 여자는 집안일이라서가 아니라 나는

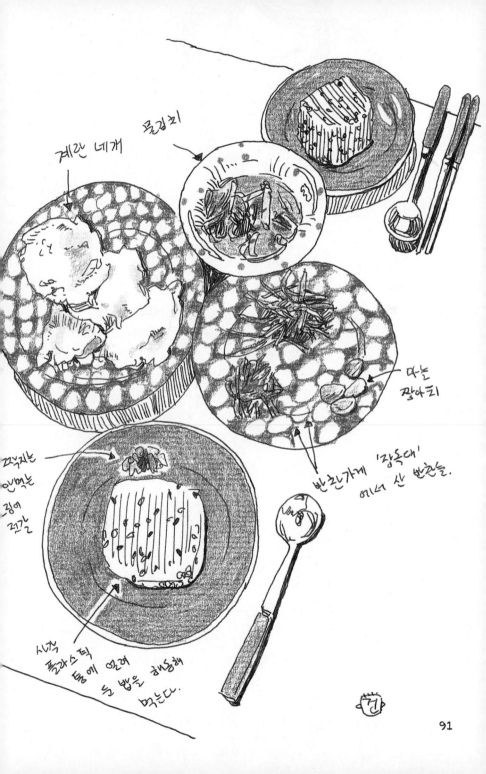

계란 네개

물김치

마늘 짱아찌

쭈구진 안먹는 징어 껍긴

반찬가게 '장독대'에서 산 반찬들.

시장 플라스틱 톱에 얼려 둔 밥을 해동해 먹는다.

91

내 사랑
김비님.

크랜베리

참외

어제 접시
무늬 칠한다고
고생해서
오늘은 민무늬.

내가 잘하는 걸 했고 신랑은 신랑이 잘하는 일을 했다. 고마운 건 회사 일로 고된 몸을 이끌고도 신랑은 집안일을 꼭 함께했다는 사실이다. 강연이며 글쓰기 수업이며 내가 틈틈이 생계에 보태는 것처럼, 신랑도 자신이 할 수 있는 것들을 도우며 집안일을 함께했다.

가장 고마운 건, 내가 하는 음식에 대해 왈가왈부하지 않는다는 사실이다. 신랑은 워낙 일찍 출근해야 하는 터라 늦게 일어나는 나는 아침을 챙길 수가 없었는데, 그는 혼자 챙겨 먹고 나가는 것이 당연하다고 생각하는 사람이었다. 저녁 식사 때에도 대단한 요리 같은 걸 해 먹어 본 적이 없다. 국이나 찌개를 끓여 놓기는 하지만 신랑이나 나나 한 끼를 먹기 위해 몇 시간씩 준비하는 일은 낭비라고 생각하는 부류이기 때문에 우린 최대한 효율적인 방식으로 식사를 준비했다.

밥은 한꺼번에 넉넉하게 한 뒤 조금씩 나눠 냉동실에 얼리고, 반찬은 어차피 만들어 놓아도 상해서 버리는 게 많으니 괜찮은 반찬 가게에서 조금씩 사다 먹는 것이 훨씬 이득이었다. 그래서 양산에서 제일 유명한 반찬 가게에서 서너 가지 반찬을 사다가 매주 종류를 바꾸어 가며 상을 차린다. 달걀로 찜을 하거나 부치고 여기에 김까지 곁들여 내어 놓으면 한 끼 밥상은 끝. 김치도 익은 김치보다는 날김치를 좋아해서, 겉절이 잘 담그는 집을 찾아 주문해서 먹는다. 장조림이나 제육볶음 등 특별하게 고기를 먹을 때면 더 간단해진다. 밥 두 그릇에 필요한 채소와 고기만 상에 놓으면 한 그릇 뚝딱.

나는 치우고 신랑은 설거지하고. 그리고 TV로 영화를 보며 맥주 한 캔씩 뚝딱.

신랑은 온종일 힘든 일을 해야 하고 나는 온종일 글을 써야 하는 삶이다 보니, 우리 두 사람 모두 먹고 사는 일에는 가장 효율적인 방식을 택한다. 그래서 소홀하다고 느낄 수도 있겠지만, 우리 두 사람은 만족한다. 가난한 예술가 부부에게 맞춤인 소박한 삶이라고 생각한다.

달걀 샐러드 만들기

짝지가 시키는 대로 하고 있다. 흰자는 가위로 잘게 자르고, 노른자는 흰자
와 잘 섞이게 하기 위해 체에 걸러 가루로 만든다. 거기다 소금 아주 조금
이랑 마요네즈, 허니 브라운 머스터드 소스(마요네즈 반 분량)를 잘 섞어 주면
끝. 아침에 구운 식빵에 달걀 샐러드를 발라 맛있게 먹었다.

두 사람이 살다 보면 분명 요리에 익숙한 사람이 있고 그렇지 않은
사람이 있다. 서로 잘하는 걸 각자 하는 방식이 효율적이라고 믿고
그런 식으로 집안일을 꾸려 나가지만, 그것이 둘 중 한쪽에게만
모든 걸 떠맡겨도 된다는 의미는 아니다.
잘하지 못하더라도 상대의 일에 항상 관심을 가져야 하며, 나보다
잘하는 상대방의 노동이 귀하다는 걸 잊지 않도록 매번 자신을
되돌아보아야 한다.
신랑은 요리에 익숙하지 않고 해본 적도 많지 않다. 신랑이 할 수
있는 요리는 여전히 달걀프라이나 라면 정도지만, 기회가 있을
때마다 신랑은 자신이 해 보겠다고 조리대 앞으로 나선다. 그럴
때면 나도 자리를 내어 주고 신랑이 하는 걸 지켜본다. 당연히
답답하다. 요리에 익숙하지 않은 사람이니까 내가 보기에 답답한
거다. 못하니까 하지 말라는 말은 바깥에서나 쓰이는 말일 뿐, 함께

꾸려 나가야 하는 집안의 노동에 해당하는 말은 아니다. 한 가정의
모든 구성원이, 부부는 물론이고 아이들까지도 모두 본인이 해야
하는 집안일이 있어야 하며, 힘들고 서툴더라도 끊임없이 배워
나가도록 노력해야 한다. 집안의 모든 일이 원활하게 돌아가도록
힘을 모으는데 예외는 없다. 그것이 바로 부부이고 가족이다.
공존이며 또한 함께 살아남는 방법이다.

대파 썰기

대파를 사 오면 바로 씻어서 냉장 보관할 수 있도록 잘게 썰어서 통에 담아
놓는다. 전에는 몰랐는데, 대파를 썰어 보니 눈물·콧물 범벅이 된다. 그나마
안경을 써서 나은 편이다. 대파를 썰다가 눈이 너무 따가우면, 화장실에 가
서 흐르는 물에 눈을 대충 씻고 다시 대파를 썬다.

애초부터 한 사람만의 책임일 수는 없겠지만, 그래도 어느 집이나
가정에서 주방 살림을 맡아 하는 사람이 있기 마련이다. 누군가의
집안일, 혹은 살림을 폄하하는 사람들을 보면 대단한 계획이나
힘이 들지 않기 때문에 집안일이 사소한 거라고 말하지만, 실제로
매번 꼼꼼히 챙기고 준비하는 일은 생각보다 훨씬 더 품이 많이
드는 노동이다.
그래서 나는 되도록 주방일을 신랑도 꼭 해 보도록 하고 같이
하자고 말하는 편인데, 신랑도 당연히 자신이 해야 할 일이고
배워야 하는 일이라고 생각한다.
채소를 포함한 식재료를 다듬는 일은 실제로 꽤 까다로운 일인데,
편의점이나 식당에서는 다듬어진 재료만 보기 때문에 우린 그것이
누군가의 세세한 손길을 거쳤다는 걸 쉽게 간과한다. 다듬어진
채소, 다듬어진 생선, 바로 쓸 수 있도록 포장된 식자재가 겨우 몇백

원, 몇천 원으로 유통되니 사소하고 보잘것없는 노동이라 생각하기 쉽지만, 우리가 잊지 말아야 할 것은 가격표 너머에 숨어 있을 누군가의 땀이다. 너무 쉽게 돈으로 치환되더라도 여기 이 현실을 떠받치고 있을 무수히 많은 노동의 시간을 항상 기억해야 한다.

요구르트 만들기

요구르트를 만드는 통이 있는데, 전기를 연결하지 않아도 용기의 이중 구조 때문에 자연 발효가 되어 요구르트가 된다. 딸기나 사과, 오렌지, 포도 등과 함께 먹으면 아침 식사로 든든하다.

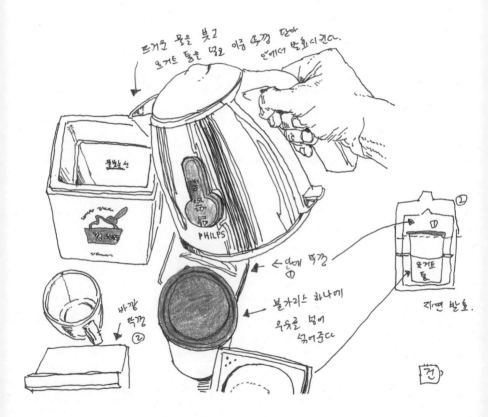

아침 식사라는 것이 행복한 가정의 상징이던 때도 있었지만,
요즘은 정찬으로 아침을 먹는 사람이 많지 않을 것이다. 우리 집도
마찬가지. 개인적으로도 혼자 생활하면서 아침은 과일이나 시리얼
정도로 해결했고, 신랑 역시 어머님과 같이 살면서도 정찬으로
먹지는 않았던 모양이다.

그래서 시리얼이나 빵으로 아침을 간단히 해결하고 손쉬운 요깃
거리를 냉장고에 넣어 놓기도 하는데, 저 요구르트 만드는 통을
산 이후로 한동안 아침 식사로 건강식을 먹는 느낌이 들어 더욱
든든했다. 과일이나 시리얼, 견과류를 곁들여 먹으면 정찬은
아니더라도 한 끼로 훌륭했고, 장 건강에도 도움이 되는 것 같아
몸도 더 가벼워지는 느낌이었다.

하지만 겨울에 차가운 걸 먹는 것은 좀 별로. 지난여름까지
만들어 먹다가, 날씨가 쌀쌀해지면서 지금은 사과와 따스한 라테
정도로 아침 식사를 해결하고 있다. 한 가지를 정해 놓고 '됐다'고
잊어버리기에는, 일상을 유지하는 일에 인내가 꽤 많이 필요하고
변수도 많다. 그 모든 것을 감안하고 꼬인 상황을 이해하는
일만해도 쉬운 일은 아니다.

주전자 기름때 빼기

짝지가 주전자 기름때를 벗긴다고 끙끙거리길래 내가 대신 한다고 했는데,
아무리 빡빡 문질러도 때가 잘 지워지지 않는다. 뭐 이런 게 다 있나.
있는 힘을 다해 문질렀지만 끝내 벗겨내지 못했다.

정수기 없이 물은 주로 끓여 먹는 편이어서 가스레인지 위에는
항상 커다란 주전자가 놓여 있다. 여름에는 물을 따로 담아 두지만
겨울에는 그냥 레인지에 놓은 채로 물을 따라 마시는데, 다른
화구에서 요리를 하다 보면 기름이 튀어 지저분하게 묻곤 했다.
처음부터 튀지 않도록 조심하면 좋았을 텐데, 한 번 기름이 묻는 걸
보고 '다음에 닦지, 뭐' 하고 미루어 놓았더니 이제는 아무리 해도
지워지지 않는다.
저 날은 내가 하도 끙끙거리고 있으니까 신랑이 나와서 대신 벗겨
주겠다고 손을 내밀었다. 수세미에 그 독하다는 기름때용 세제를
뿌려 한동안 불렸다가 닦았는데도 소용이 없자, 신랑도 결국 두
손을 들고 말았다.
더러우면 더러운 대로 쓰지 뭐. 언제나 그랬듯 우리 커플은 더럽고
지저분한 것에 무덤덤. 여전히 기름때가 덕지덕지 묻은 채로 물을
끓여 먹는다. 물맛은 참 좋다.

끙끙거리며 비데 설치

드로잉 소재로 화장실을 그리는 사람은 거의 보지 못했다. 매일 가는 곳이
고 없으면 안 되는 곳인데 우린 너무 예쁜 것들만 보려고 한다.
전에 살던 집에서 기계식 비데를 설치하던 모습.
나 같은 기계치가 이렇게 설치하다니 ㅠㅠ

우리가 처음 같이 살았던 집은 보증금 오백에 월세 이십오였다.
신랑과 함께 살 집을 구한 것이 아니라, 원래는 나 혼자 살 집을
찾는 중이었다. 아는 사람, 익숙한 곳, 나고 자란 집, 다니던
학교. 나에겐 그 모든 것이 크게 의미가 없었기 때문에 어디로든
부유하는 삶을 살고 있었고, 그래서 신랑이 사는 양산으로
내려가는 것도 그다지 어려운 결정이 아니었다. 2주에 겨우
한 번 만나는 나이 든 커플의 데이트였지만, 경기도 용인과
경상남도 양산을 오가는데 너무 많은 시간과 돈이 소비되었고,
마침 직장을 그만둘 때가 되어 내가 양산에 내려오겠다고 했다.
신랑은 그러라고 했다. 그때도 서로 같이 살자는 이야기는 없었다.
'가까우니 편리하겠구나', '돈이 절약 되겠구나', 그 정도였다.
그렇게 몇 년 동안 양산에서 각자 생활하면서도 신랑이나 나나
크게 달라진 건 없었다. 내가 사는 월셋집을 그가 자주 오가긴

했지만. 그러던 그가 나와 같이 살겠다고 말한 순간이 있었는데,
사실 좀 갑작스러웠다. 평소 다니던 상담 프로그램 중 하나에
참여했다가 불쑥 내 집으로 이사를 오겠다고 했고, 나는 그러라고
했다. 복잡하게 생각하고 싶지 않았고, 그럴 나이도 아니었다.
신랑이 자신의 짐을 내 집으로 옮기며 필요하다고 말한 것 중
하나가 바로 '비데'였다. 아무리 집이 좁고 지저분해도 비데는
꼭 있어야 한다고 말했다. 보통 다른 집에서 쓰는 전자식 비데는
저렴해도 수십만 원에 달했고, 좀 더 저렴한 것을 찾아보다가
'기계식 비데'라는 게 있다는 걸 알았다. 저렴하기도 하고 물청소도
할 수 있다고 해서 샀고, 그에게 설명서를 들이밀며 설치할 수
있겠느냐고 물었다. 자신에게 필요하다고 생각해서인지, 신랑은
열심히 비데를 조립하고 수도관에 연결했다. 끙끙대긴 했지만
수월하게 연결한 편이었다.

화장실 풍경

내가 머리카락이 없다 보니 집에 떨어진 머리카락은 모두 짝지 거다. 짝지가 샤워하고 나면 화장실 바닥에 머리카락이 뭉쳐 있는데, 수챗구멍에 뭉쳐 있는 머리카락을 치우라고 농담 삼아 잔소리를 하곤 한다.

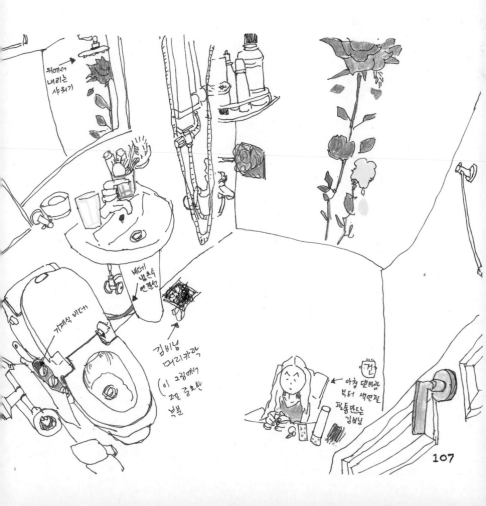

맞다, 나는 머리카락이 길고 많이 빠진다. 게다가 깔끔하고 청결한 사람이 아니다 보니 여기저기 머리카락이 굴러다닐 때가 한두 번이 아닌데, 그때마다 신랑은 머리카락을 들어 보이며 장난스럽게 얼굴을 일그러뜨린다. 그는 민머리이니, 변명의 여지가 없다. 내 머리카락이 아니라고 잡아떼지도 못한다. 대꾸 한마디 못하고 치우는 수밖에 없다. 아무리 그래도 그림에 저렇게 상세하게 그려 놓고, 화살표로 친절하게(?) 표시까지 할 줄이야.
게다가 이 그림에서 제일 중요한 부분이란다.
분하다, 두고 보자! 피―

머리 깎기

미용실에 가지 않고 집에서 이발기로 3주에 한 번씩 머리를 깎는다.

#박조건형 머리 깎는 순서

① 이발기를 최소 1시간 이상 충전한다

② 욕실 바닥에 물기가 있으면 헌 수건으로 물기를 제거한다

③ 신문지를 바닥에 깐다

④ 신문지 위에서 이발기로 머리를 민다

⑤ 옆머리는 면도기로 깔끔하게 밀어 버린다

⑥ 거울을 보며 안 잘린 부분이 없나 손으로 머리를 만져 본다

⑦ 신문지에 남은 작은 털들을 손으로 털어 낸다

⑧ 샤워한다

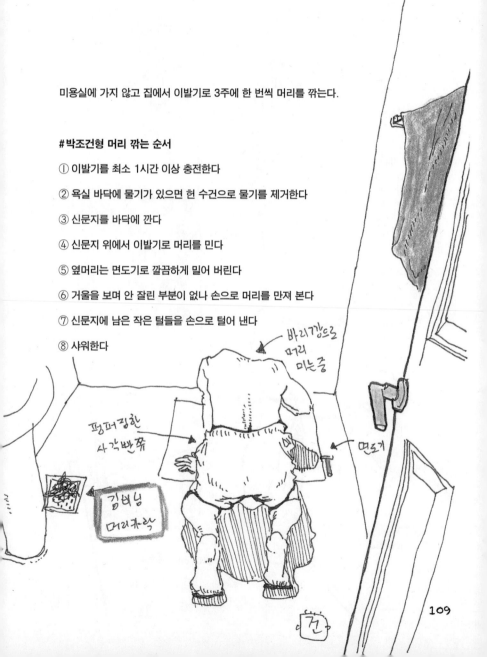

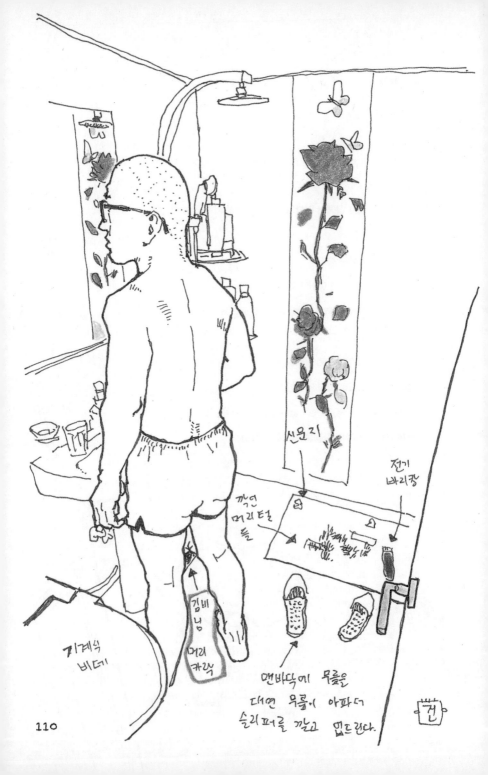

선물지

전기
바리깡

깍은
머리털
들

기계식
비데

김비
닝
머리
카락

맨바닥에 무릎을
대면 무릎이 아파서
슬리퍼를 깔고 엎드린다.

110

신랑은 민머리다. 아직도 맨 처음 그를 만난 순간이 선명하게 기억나는데, 비니를 쓴 채 나에게 다가왔던 그는 출가한 스님을 연상케 하는 모습이었다. 그가 쓰고 있던 비니를 벗어 동그란 두상을 보였을 때, 이상하고 낯설기보다는 한번 만져 보고 싶다는 생각이 들었다. 약속한 대로 같이 영화를 보았고, 카페에 들어가 그에게 허락을 받고 그의 머리를 만져보았는데, 까끌거리는 느낌보단 뜨거운 열기가 손바닥에 더 오래 남았다. '머리카락으로 감추어져 있어 그렇지, 생각보다 예민하고 뜨거운 곳이구나' 나는 그때 처음 알았다.

그와 함께 살면서 화장실에 엎드려 머리를 깎는 그의 모습을 처음 보았을 때도 신기하긴 마찬가지였다. 화장실 바닥에 신문지를 깔고, 벌거벗은 채 그 앞에 절을 하듯 엎드린 모습은 단지 머리를 깎기 위한 것이라기보다는, 어떤 종교의식이라도 수행하는 것처럼 보였다. 웃기기도 하고 신비롭기도 했다.

머리를 다 밀면 민머리를 꼭 내 앞에 내민다. 그리고 어디가 제대로 깎이지 않았는지, 손으로 짚어 달라고 한다. 그러면 나는 덜 깎인 부분을 찾아 짚어 주고 신랑은 그 부분을 손가락으로 짚고, 그대로 다시 화장실로 들어가 엎드려 머리를 깎는다. 아무리 생각해도, 종교의식을 닮았다.

14.8×21cm 종이

이사 전 나의 방

전에 살던 집의 내 방은 평수가 작아서 잠을 잘 때만 쓰곤 했다. 거실에서 책을 읽고, 짝지 방에서 TV를 보았다. 지금은 그때보다 넓은 방으로 이사를 왔다.

함께 살긴 하지만, 우린 서로 각자의 방을 쓰자고 이야기했었다. 심지어 우린 따로 잔다. 나는 워낙 혼자 자는데 익숙하고, 신랑도 이불을 둘둘 말아 자는 습관 때문에 옆에 사람이 있으면 제대로 잠을 자지 못한다. 서로를 불편하게 하면서 함께하기에는, 신랑이나 나나 너무 예민한 사람이었다.

지금은 그나마 조금 넓은 편이지만, 처음 신랑과 함께 살았던 월세 아파트는 겨우 18평이어서 방 하나가 너무 작았다. 그나마 안방이 조금 큰 편이어서 안방에 TV를 놓고 신랑에게 거실과 작은 방을 주었다. 그래서 저녁이면 신랑은 거실에서 책을 보고, 나는 안방에서 TV를 본다. 그러다가 신랑은 신랑 방에 가서 자고, 나는 내 방에서 TV를 보다가 잔다. 잠을 따로 잔다고 부부간의 업무(?)를 게을리하는 건 아니다. '잠'만 따로 잔다.

거실 풍경

전에 살던 집의 거실 풍경. 조립식 책상 2개를 ㄱ(기역)자로 배치하고 그 옆
에 책장 2개를 놓았다. 거실이 워낙 좁아 서재처럼 꾸몄다. 거실 베란다에
서서 붓펜으로 수첩에 거실 풍경을 그려 보았다.

집이 워낙 좁기도 했지만, 그때 살던 아파트는 거실 모양이 좀
이상했다. 작더라도 사각형이거나 길었으면 좋을 텐데, 문 없는
방처럼 꺾인 모퉁이가 있어 물건을 놓기도, 꾸미기도 어려웠다.
고민하다가 꺾인 모퉁이를 빙 둘러 책상을 놓긴 했지만, 제대로 된
위치 찾기가 쉽지 않았다. 욕심 같아서는 벽을 따라 빙 둘러 소파를
놓고 가운데 책상 하나를 놓아, 카페의 내실처럼 꾸몄으면 어떨지
생각도 했었다. 창밖으로 해가 넘어가는 서쪽 산자락이 보이니
빨갛게 물드는 노을을 보고 두런두런 이야기하며 술이라도 한잔
나누어도 괜찮을 것 같았고.
새집으로 이사했을 때 모두 비슷하겠지만, 어쨌거나 마음대로 되지
않는 부분이 많았다. 주어진 현실에 맞추어 방법을 찾는 수밖에.

김비님 책 〈플라스틱 여인〉

내 그림들

청호씨가 그려준 초상화

1200일 기념을 내가 만든 슈가 컵 케익

분리수거장에서 주운 수납장

세로로 세워진 모니터

나노블럭들.

CD 플레이어

소설은 빨로 읽는 잡다한 책들

마카와 펜들

프린트기

맨 밑 등록 도서관에서 빌린 만화 책

지갑

연결 꽂이

핸드폰

포인펜필통

샥연필 필통

빡빡 머리라서 후드티를 자주 입는 편이다. 내옷

104.000원 짜리. 직접 조립. 가격,대비 최고 의자

내가방

충전중인 아이패드

그림그리는 내발

115

분리수거

200장짜리 분리수거용 비닐을 샀는데, 보기보다 용량이 꽤 크다. 자주 분리수거를 하지 않아도 돼서 좋다. 쓰레기 때문에 지저분해지면 분리수거하러 가서 비닐과 함께 버리면 된다.

분리수거는 항상 골칫거리였다.

분리수거를 하기 싫거나 힘들어서가 아니라, 가뜩이나 좁은
집에 마땅히 자리를 마련하기가 어려워서였다. 가지런히 정돈된
느낌으로 자리를 만들고 싶은데, 번번이 모든 것이 마음에 들지
않았다. 분리수거 통이라는 것도 내가 보기에는 모두 턱없이
작아 보였고, 워낙 택배로 물건을 많이 구입하는 나에겐 있으나
마나였다. 차라리 그날 내려가서 쓰레기를 버리는 게 낫지,
이틀이나 사흘 뒤에 버리려고 작은 분리수거 통에 넣는 일
자체가 우리에게는 번거로운 절차였다. 네모난 분리수거 통들은
가지각색의 플라스틱이나 종이 상자가 몇 개 들어가지도 않았는데
가득 차 버렸다.

대용량 비닐봉지로 분리수거 통을 대신하자는 아이디어는 그래서
나왔다. 외국산 대용량 비닐봉지는 얇지만 생각보다 잘 찢어지지
않았고, 비닐로 된 줄을 당겨 입구를 막는 형태라서 안에 쓰레기가

있어도 깔끔하게 정리됐다. 냄새가 좀 걱정됐지만 어차피 분리수거
할 수 있는 쓰레기라는 것이 냄새가 잘 나지 않는 것들이라서
입구가 조금 벌어져도 괜찮다고 생각했다.

200매짜리 한 박스를 만오천 원 정도 되는 가격에 구매했다.
비닐, 플라스틱, 종이, 캔·병 이렇게 네 종류로 구분해서 벽에
걸어 놓으니 세탁기 안쪽으로 나란히 놓여 깔끔했다. 게다가 흰색
봉투에 오렌지색 줄이 달려 있어 벽에 걸려 부푸는 모습이 나름
귀여웠고, 버릴 때도 봉투 끈을 잡고 끌어내 버리고 올라오면 되니
둘이서 한 번만 내려갔다 오면 모두 버릴 수 있었다. 신랑이 말한
것처럼 비닐이 다시 쓸 수 없을 정도로 더러워지면 그대로 버리면
되고. 이곳에 이사 온 지 1년이 넘었지만, 스무 개나 썼을까?
가격 대비 최고의 분리수거 도구이다.

아파트 계단

집에 있던 작은 의자를 복도에 가지고 나와 아파트 계단을 그려 보았다.
층을 달리해 꼬인 구조와 그 안에 있는 구조물을 그리는 재미가 있다.

엘리베이터를 주로 이용하기 때문에 계단을 이용할 일이 별로
없는데, 신랑은 그날 주말에 등받이 없는 의자를 들고 나가 문을
열고 앉아서는 그림을 그렸다. 이렇게 복잡하고 어려운 것을
그리려면 스케치를 해야 할 것 같은데, 신랑은 백지 위에 눈으로
위치를 파악하고 쓱쓱 그림을 그린다.
어떻게 스케치도 없이 그렇게 그림을 틀어지지 않게 그리냐고
물었더니, 오래 하다 보면 그렇게 된다고 했다. 포기하지 않고 오래
그리다 보면 굳이 스케치를 하지 않아도 백지 위에 형태를 파악할
수 있다고.
우리의 삶도 그럴까? 오래 살다 보면 익숙해지고 요령이 생기는
걸까? 아무것도 보이지 않는 눈앞에 나만의 길과 틀을 찾아
망설이지 않고 앞으로 나아갈 수 있는 건지.
그날 신랑은 복잡하게 꼬인 계단을 그렸고, 나는 그걸 그리고 있는
신랑을 사진 속에 담았다. 신랑은 그 사진도 나중에 그림으로 그려
남겨 놓았다.

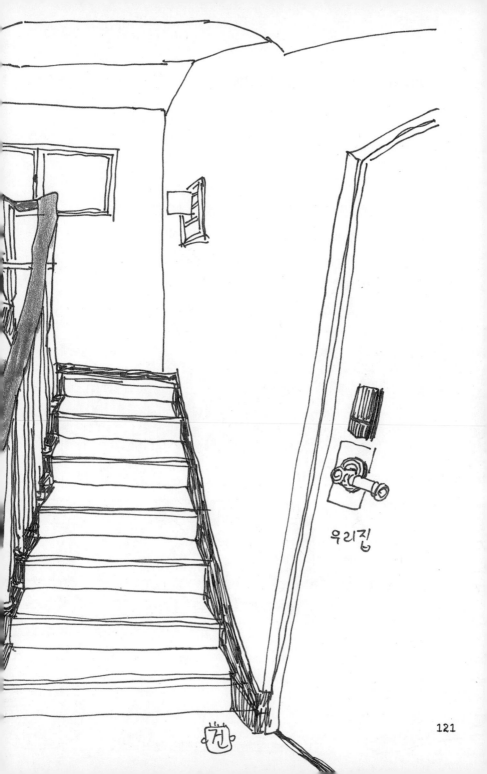

우리집

아파트 청소 노동자와 학교 가는 아이들

누군가의 생계를 책임지고 있을 우리 아파트의 청소 노동자. 우리가 사는 아파트가 항상 깨끗한 것은 매일매일 청소하시는 이분들 덕이다. 우리의 현실을 유지하기 위해선 생각보다 훨씬 많은 노동이 필요하다. 그분들께 감사하는 마음으로 그림을 그려 보았다.

주물럭
주물럭

혼인 신고를 하고 나서 신랑의 어머니께 도움을 받아 원래 살던
집 아래에 있는 작은 아파트를 얻었다. 단순히 임대가 아니라
매매였기 때문에 양산 전역에 있는 아파트를 샅샅이 뒤져, 위치와
건물이 얼마나 오래되었는지 등을 세심하게 따지고 살폈다. 하지만
결국 우리가 살던 공단 지역 내에 있는 아파트가 지어진 연수에
비해 가격이 가장 쌌다.

예전 아파트 단지에는 주로 노인분들이 많이 살아서 그런지
적막하기까지 했는데, 같은 동네이지만 여기로 내려오니
재잘거리는 초등학교 저학년 아이들의 목소리가 참 듣기 좋았다.
덕분에 층간 소음이 있어 신경이 좀 쓰이긴 하지만, 공동 주택의
삶을 사는 모든 이들이 서로 배려하며 감내해야 할 부분인 듯.
신랑은 아파트 단지 내에서 일하시는 분들의 모습을 그림으로
옮겨 놓았다. 우리의 일상을 지키기 위해 많은 분들의 수고와
노동이 필요하단 걸, 우린 너무 자주 잊고 산다.
참으로 고마운 일상 풍경이다.

택배 아주머니

짝지는 비교 검색으로 저렴한 생활용품을 자주 사는 편이라 택배 아주머니

와 자주 만난다. 경비실 앞에서 우리 아파트에 내려놓을 짐들을 정리하시는

모습을 그림으로 담아 보았다.

솔직히 게으른 탓도 있지만, 주로 인터넷에서 물건을 구매하는 이유는 저렴하기 때문이다. 한 푼이라도 저렴한 물건을 찾는 일은 살림을 하는 모든 이의 궁극적 목표일 텐데, 그러다 보니 인터넷으로 주문을 많이 한다. 그래서 택배 기사님들과 본의 아니게 친해졌는데, 제일 큰 택배 회사 일을 하시는 아주머니를 보면 놀랍기 그지없다. 추우나 더우나 웃는 낯빛을 잃지 않고 그 많은 상자를 끌고 지고 항상 경쾌한 모습으로 "택배요!"를 외치신다. 너무 자주 신세를 지는 처지라 내가 할 수 있는 건 한 번의 걸음만으로도 상자 여러 개를 한꺼번에 가져오실 수 있도록 같은 날 주문을 넣는 것. 그리고 더운 날 음료수 하나를 챙겨드리는 것이 전부다.

설레임과 정성도 함께 묶어 전해 주시는 모든 배송 기사님들께 다시 한번 감사의 인사를.

마트에서 장보기

김비 사전에 불필요한 장보기란 없다.

얼마 못 벌어 드리는데 늘 알뜰한 경제관념으로 현명하게 소비하신다. 감사하고 감사할 따름이다. 냉장고가 가득 차면 왠지 든든해진다는 짝지님.

장을 자주 보는 편은 아니다. 대형마트는 한 달에 한 번 정도 함께 가고, 동네에 있는 마트는 격주로 들른다. 짝지는 구매 목록을 휴대전화에 기록해 두었다가 이를 참고해 빨리 장을 본다. 장 보는 시간이 길어지면 내가 투덜거리기 때문에 서둘러 장을 보고 집으로 함께 돌아온다.

다른 남편들처럼 신랑도 마트에 가는 걸 별로 즐기지 않았다. 사실 지금도 마트에 가는 일을 즐거워하지는 않는다. 다만 함께 사는 사람으로서 스스로 해야 할 일이라고 생각하기 때문에 한 달에 한 번 혹은 퇴근하다가 내가 이야기하면 식자재를 사기 위해 함께 마트에 간다.

무얼 사야 할지, 무엇이 필요한지 내가 그때그때 휴대전화의 알림 목록에 적어 놓는데 신랑은 내가 사는 대로 별말 없이 카트를 끌고 짐을 싣는다. 이따금 내가 그의 의견을 물으면 "사는 게 좋겠다", "그렇지 않다" 등 자신의 의견을 표한다. 내가 워낙 즉흥적으로 물건을 사지 않고, 물건 하나를 사더라도 가격을 여기저기에서

검색하고 비교해서 구입하는
편이라 신랑은 내가 무언가를
살 때 별로 반대하지 않고
내 선택을 신뢰한다.
뭐…. 좀 고맙다.

착 환력하며
깨작지 장보는
거 쫄래쫄래
따라다니는
박조건형

129

패스트푸드점에서

패스트푸드점에서 주문을 하고 기다리다가 쌍둥이를 유모차에 태워 데리고
나온 엄마의 모습을 그렸다.
한 명을 키우는 일도 힘든데, 쌍둥이라니…. 존경스럽다.

언젠가부터 걸음마를 막 뗀 아이를 데리고 다니는 부모들을 볼
때면 그들의 얼굴을 물끄러미 들여다보곤 한다. 도대체 어떤
사람이 이렇게 힘겨운 일을 꿋꿋이 해내고 계신가, 저절로 존경의
눈빛을 보내게 된다. 게다가 유모차에 쌍둥이를 나란히 태워
데리고 다니는 부모들을 보면, 저절로 두 눈이 휘둥그레지고 만다.
아이가 둘이기 때문인지 그들의 어깨는 유독 작아 보였는데, 그
일상을 지켜내는 힘은 거의 어깨 못지않게 거대해 보였다.
몇몇 분들은 "결혼하면 누구나 다 애 낳고 키우지, 그렇지 않은
사람 있느냐"고 반문하시지만, 요즘에 해당하는 말은 아닌 것 같다.
예전에는 아이를 산이 키우고 들이 키우고 집 문 앞에 메어 놓은
강아지가 키웠지만, 지금 시대에는 도처에 위험한 것들 천지다.
이미 우린 멀리 왔고 그렇다면 아이를 지키고 키우는 육아를
바라보는 방식도 달라져야 하는 것이 아닌지. 남녀를 떠나서,
아이를 낳고 키우는 모든 노동은 참으로 위대하다.

preppy 0LEF
만년필로 써봤는데,
시그노펜과 또 다른 느낌.
(preppy) 제품이 ★격이
이런원대●로 아주 저렴하고, 펜 느낌이 좋다.

131

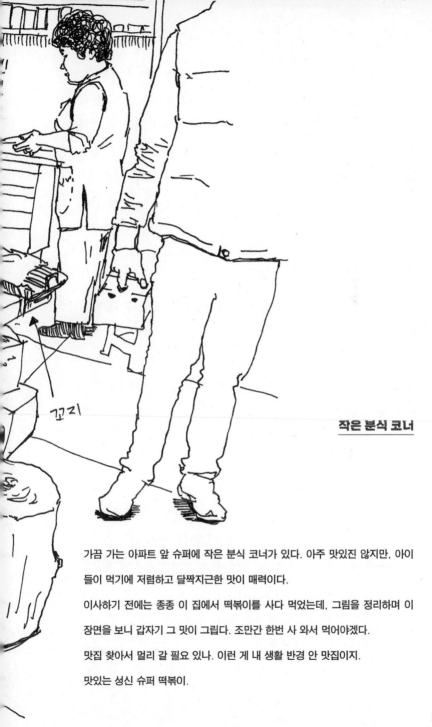

꼬지

작은 분식 코너

가끔 가는 아파트 앞 슈퍼에 작은 분식 코너가 있다. 아주 맛있진 않지만, 아이들이 먹기에 저렴하고 달짝지근한 맛이 매력이다.

이사하기 전에는 종종 이 집에서 떡볶이를 사다 먹었는데, 그림을 정리하며 이 장면을 보니 갑자기 그 맛이 그립다. 조만간 한번 사 와서 먹어야겠다.

맛집 찾아서 멀리 갈 필요 있나. 이런 게 내 생활 반경 안 맛집이지.

맛있는 성신 슈퍼 떡볶이.

월세 이십오인 작은 아파트는 시내에서 꽤 멀리 떨어져 있었다.
주변이 공단 지역이라 상가도 많지 않았는데, 우리가 살던 단지는
더 위쪽에 있어 아예 분식집이나 식당 같은 것은 찾아볼 수 없었다.
그러던 어느 날, 하나뿐인 작은 슈퍼 앞에 음식 메뉴들이 나붙어
들어가 보니 주인아주머니가 매대 한쪽을 좌판처럼 만들어
어묵 국물과 떡볶이를 끓이고 있었다. 순대와 국수 등 종류별로
다양하게 만드신다니 맛이 있을까 싶어 한번 먹어봤는데 떡이며
양념이며 제법 괜찮았다. 그래서 가끔 알싸한 맛이 생각날 때
슈퍼에 떡볶이를 사러 가곤 했다.
간판도 없이 아주머니 혼자서 하는 집이라서 그런지 아이들이
오가지 않는 휴일이나 주말에는 떡볶이를 팔지 않았는데, 그럴
때면 그게 그렇게 아쉬울 수가 없었다. 시내의 유명한 집에서
떡볶이를 사 가지고 들어와도 아주머니가 내는 그 맛에 익숙하다
보니 성에 차지 않았다.

"아저씨, 오늘도 떡볶이 안 해요?"
"오늘은 아줌씨가 볼 일이 있으셔서 안 해요."
아주머니가 일이 있어 가게를 비우는 날, 아저씨가 계산대
너머에서 손을 휘저었다. 아주머니가 나가시는 참에 음식을
끓여 놓고 아저씨가 파시면 될 텐데, 왜 아저씨는 온종일 계산대
너머에서 누워 TV만 보고 계신 건지.
"아주머니는 왜 항상 그렇게 바쁘세요?"
"다 먹고살려고 바쁜 거지요."

맞다, 먹고사는 일이란 그런 것. 지금 여기에서 우리를 위해
떡볶이를 끓이지 않는다고, 아주머니의 일상이 한가롭고 게으른
것일 리 없다. 나는 더 묻지 않고 다음부터는 다른 물건을 사러
들어갔다가 떡볶이 좌판이 열려 있는지만 살폈다. 차갑게 불판이
식어 있으면, '어딘가에서 아주머니가 또 다른 삶을 끓이고
계시구나' 그렇게 생각하고 더 묻지 않았다.

마을 카페 '소소봄'

무더위에는 카페가 최고의 피서지다!!
마을 카페인 '소소봄'에 와서 죽치고 앉았다.
아메리카노만 시키고도 몇 시간 뻗댈 수 있는 것이
마을 카페의 장점 아닌가!
양산에서 오랫동안 운영되고 있는 마을 카페 소소봄.
사장님이 넉살 좋으시고 품이 넓어, 많은 마을
주민들의 대화 상대가 되어 주신다. 한 달에 한 번씩
무료로 마을 주민들을 초대해 마술이나 작은 공연을
하시고는 한다. 마을 카페를 더 오래 운영하기 위해 지금
새 터에 새로운 소소봄 건축 작업이 진행되고 있다. 더 많은 사람이
카페에 와서 이야기를 나누고 모임도 하고, 인문학 강연들도 열리는
마을의 서원을 꿈꾸신다. 그 꿈이 잘 이루어졌으면 좋겠다.
이우석, 이진 사장님 감사합니다.

신랑이 오래도록 양산에 살았고, 나도 신랑을 따라 함께 양산
여기저기를 돌아다니다 보니 좋은 곳들을 많이 알게 되었다. 마을
카페 '소소봄'은 신랑뿐만 아니라 나에게도 아주 특별한 공간이다.
특히 커피 맛이 일품인데, 커피를 잘 모르고 맛도 구별할 줄 모르는

'제제'님에게 부탁한
소소봄 캘리.

137

나 같은 촌스러운 사람이 느끼기에도 여기 이곳의 커피는 단연코 독보적인 향과 맛을 지녔다. 브랜드 카페든 개인 카페든 어디를 가도 커피 맛이 비슷비슷했는데, 여기에서 처음 커피를 마셨을 때 '이게 뭐지?' 싶은 느낌이 단박에 나를 사로잡았던 기억이 있다. 그래서 사장님에게 커피의 이름을 물어 알았다가, 지금은 또 까먹어 버렸다. 이름이 뭐였든 간에 진하고 알싸한 그 맛만큼은 또렷이 기억한다(쓰고 있으니 또 마시고 싶네).

커피 맛도 커피 맛이지만, 이곳의 진가는 사장님이 마음속에 품은 여러 가지 생각인 것 같다. 이 카페가 마을 주민들의 모든 마음이 한곳에 모이고 서로 정을 나눌 수 있는 장소가 되기를 바라는 그의 바람은 요즘 같은 시대에 참으로 귀하게 느껴진다.

새로운 곳에 새로 자리를 만들어 더 많은 사람이 모이고 배움과 정을 나눌 수 있는 '서원'을 만드신다고 하는데, 나도 신랑만큼이나 그 꿈이 꼭 이루어지기를 바란다.

부산 가는 1300번 버스

한때 우리 부부가 부산에 갈 때 타고 다니던 직행버스. 어곡 공단에서 명륜
동 지하철역까지 운행하는 광역 버스였다. 운전을 하면서부터는 잘 이용하
지 않는다.

차를 사기 전 나는 주로 신랑의 차에 실려서, 혹은 버스를 타고
부산을 오갔다. 어디나 그렇겠지만 버스 노선은 주로 유동 인구가
많은 곳에 집중되어 있고, 거주 인구가 많지 않은 곳이나 외곽
지역에는 운행 차량이 많지 않다. 있더라도 하루에 몇 대 다니지
않아 시간을 맞추기가 영 힘들다. '사람'에 따라 정책이 세워지고
'돈'을 따라 사람이 몰리는 세상인 건 알겠는데, 가끔 그렇게
간단하게 생각해도 되는 건지 의구심이 들 때가 있다.
'외곽'으로 밀려난 지역엔 소위 말하는 '교통 약자'가 사는 경우가
많다. 실제 할머니, 할아버지들이 몇 대 없는 버스를 놓칠까 봐
언덕길을 위태롭게 오르며 뛰는 모습을 본 적도 있다.
지금은 부산으로 가는 직행버스 1300번마저 사라지고, 부산에
가려면 결국 한 차례 환승을 해야 하는 구조로 바뀌었다. 노선을
현실화 한다고 말했던 것 같은데, '현실화', '효율화'라는 말들이
이따금 무섭게 들린다.

카메라

안 가는

1300번 버스안에서

일본식 수제 도시락 전문점 '카메'

4년 동안 단골이었던 일본식 수제 도시락 전문점이다. 사장님은 가게를 정
리하고 면 종류를 파는 음식점을 다른 장소에 새로 열겠다고 하셨는데, 개
업하셨는지 한번 전화하고 들러 봐야겠다.

이 밥집 역시 부산대학교 앞에 있지만, 번화가에 있지 않고 뱅뱅
돌아 찾아가야 하는 구석진 자리에 감추어져 있다.
'카메'는 우리말로 '거북이'라는 뜻이라는데, 작은 공간에 들어가면
빙 둘러 먹을 수 있는 자리에 앉아 밥을 먹을 수 있다. 대부분
하나의 그릇에 나오는 도시락들인데, 저렴하고 워낙 솜씨도
좋으셔서 음식들이 참 맛있다. 신랑도 그곳이 마음에 들었는지,
가게와 사장님 모습을 그려서 보내드렸다. 다음에 가 보니
사장님은 신랑이 그린 그림을 액자에 넣어 벽에 걸어 놓으셨고,
고맙다며 우리에게 감자 크로켓을 서비스로 주셨다.
'거북이'라는 식당의 이름도 기억에 남지만 또 하나 나에게 인상
깊었던 것은, 가게 한쪽에 자리한 안내문이었다.
흰 종이에는 '귀가 잘 들리지 않습니다. 주문은 큰 소리로 해
주시길 부탁드립니다'라고 적혀 있었다. 그래선지 모르겠는데,
신랑은 항상 주방과 제일 가까운 자리에 앉는다.

4년동안
단골 식당.

복선대
일본측 요리
조식옥 건목정
카메.

얼굴

143

144

부산 국도 예술관

부산에서 자주 가는 예술 영화 전용 극장이 있다. 10년 넘게 묵
묵히 자기 자리를 지킨 매니저와 사장님의 의지가 너무나 감사
하다. 양산에서는 멀어서 한 번 가면 영화를 두 편씩 보고 온다.
국도 극장은 양산에서 차로 1시간~1시간 10분 정도 걸린다.
그동안 당기는 영화가 없기도 했고 보고 싶은 영화는 늘 시간대
가 안 맞다 보니, 정말 오랜만에 국도를 찾았다.
영화 〈종이 달〉은 '내가 사는 삶은 과연 진짜인가?', '진짜 삶은
과연 무엇인가'라는 질문을 던지는 영화라 좋았고, 〈더 디너〉는
윤리적인 문제가 현실이 되었을 때, 그 괴리를 어떻게 수용하고
어떻게 선택할 것인지 생각하게 하는 충격적인 영화였다.
연달아 두 편을 봤는데 두 편 다 5점 만점에 4점!!

'국도 예술관'의 다른 이름은 '가람 아트홀'이다. 왜 두
이름을 갖게 되었는지 모르겠는데, 우리끼리는 주로
"국도에 영화 보러 갑시다" 이렇게 이야기한다.
신랑이나 나나 작은 규모의 영화나 다양한 소재의 영화를
좋아하는 편이지만, 양산에는 그런 영화들을 상영하는
소극장이 없다. 부산에도 그런 영화관이 많지는 않아서

우리는 '영화의 전당'과 '국도 예술관' 이렇게 두 곳에 주로 가곤
한다. '영화의 전당'이 시설 면에서는 낫지만 '국도 예술관'에서
더 다양한 영화들을 상영하는 편이라 우린 둘 다 국도 예술관의
멤버십 회원이기도 하다.

신랑의 좋은 친구이기도 한 정진아 프로그래머가 국도 예술관에서
일해서 국도에 가면 마치 '우리' 영화관에 가는 것처럼 푸근하고
반가운 기분이 든다. 부산의 LGBT 영화제를 그곳에서 개최하기도
했는데 몇 차례 GV에도 참석한 경험이 있어 더욱 친근하다.

신랑이 우울증을 앓고 있어 요즘에는 국도 예술관에 가지 못했다.
방금 신랑에게 "국도 영화관에 한번 갑시다!"라고 말했고, 신랑은
잠시 머뭇거리다가 "그래요, 다음에 가요"라고 말했다. 나는
"우와~!" 하고 환호해 주었다.

*안타깝게도 국도 예술관은 2018년 1월 말에 운영난을 이유로 문을 닫았다.

부산 보수동 헌책방 골목

보수동 헌책방 골목에서 친구를 만나기로 했는데, 책방 골목을 그리고 싶어
서 만나기로 한 시간보다 1시간 일찍 와서 그림을 그렸다. 복잡한 것들도
하나하나 따라가며 그리면 그림이 된다.

나도 예전에 신랑과 함께 데이트 삼아 몇 번 가본 적이 있는 것
같은데, 그려볼 생각은 하지 못했다. 나는 이제 막 그림을 그리기
시작한 터라 엄두가 나지도 않지만, 한자리에 앉아서 혹은 서서
눈앞에 보이는 풍경을 백지 위에 옮기는 신랑을 보면 그저
마술처럼 느껴질 뿐이다.

나도 몇 권의 책을 냈던지라, 그 골목을 지날 때면 혹시나 내
책이 어딘가에 꽂혀 있지 않을까 두리번거리기도 한다. 내 책을
만난다면 반가울까, 반갑지 않을까? 처음엔 반가웠다가 이내
우울해질까? 명문을 쏟아내는 능력 있는 작가도 아니고 잘 팔리는
인기 작가도 아니지만, 나이가 들다 보니 나도 가끔 내 글에서
한발 물러나 '책'이라는 물건으로 내 글을 들여다보기도 한다. 내
이름으로 된 책이라서가 아니라 그냥 책으로서의 물성物性을.
반가울 것 같다. 끝내 섭섭하더라도, 저 헌책방 골목에서 내 책을

만난다면 그 책을 만든 나로서는 당연히 반가워해야 할 것 같다.

언젠가 한번은 '오래도록 품에 안고 싶은' 책을 한 권 쓰고 싶다.

149

카페 '아가미'

서울에 비하면 부산에는 일상 드로잉을 하는 사람이 그리 많지 않다. 드로잉 수강생 중 한 명이 카페 아가미에서 목요일 저녁에 그림 모임이 있다는 정보를 알려줘서 처음 들러 보았다. 사장님은 미대를 졸업하고 주얼리 제작을 오랫동안 해 왔는데, 취미로 그림 작업도 꾸준히 하시는 분이다.

카페 아가미에는 미미, 모리, 키키 고양이 세 마리가 있는데 손님들의 사랑을 듬뿍 받는다. 사장님은 고양이를 소재로 그림을 많이 그리고, 그림을 좋아하는 사람들과 함께 그림 모임도 꾸준히 진행하신다. 나는 내 수강생들에게도 이 공간을 항상 소개하며 드로잉 수업이 끝나고도 여기에 들러 드로잉을 계속 하길 권한다.

아가미는 3층에, 2층엔 도자기 공방이 있다. 카페가 쉬는 날이면 사장님은 2층에서 도자기 수업을 듣고, 또 영업을 하다가도 손님이 없으면 종종 내려가 도자기 작업을 하신다. 사람들과 함께 무언가 하는 것을 좋아해서 한 달에 한 번씩 클래식 기타 공연도 열고, 기타 동호회 사람들에게 공간을 제공하기도 하신다. 늘 새로운 것에 호기심이 많고 재미있는 것을 찾아 손을 놀리는 사장님의 모습은 일상 드로잉 작가인 내게도 참 좋은 귀감이 된다.

농담 삼아 사장님에게 카페 아가미를 부산·경남권 드로잉의 성지로 만들겠다고 말하곤 한다. 함께 그림을 그리는 사람이 있는 건 참 감사한 일이다.

함께 그리는 시간이 즐겁고 재미있다. 나는 아가미 사장님을 많이 좋아한다.

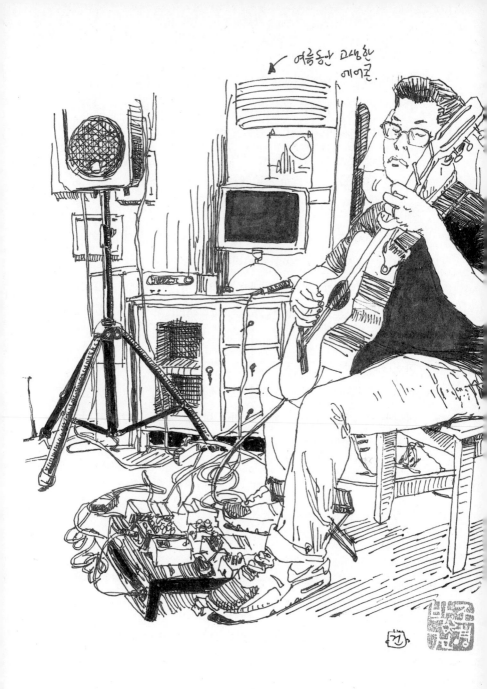
여름동안 고마웠던
에어콘.

151

'아가미'라는 카페는 부산대 앞에 있는데, 다른 카페들이 도로를 향해 열려 있거나 예쁜 모습으로 존재감을 뽐내는 데 반해, 여기 이 카페는 쉽사리 지나칠 수 있는 건물의 3층에 자리해 있다. 옆에 있는 밀면집 간판이 워낙 커서 더 감춰진 느낌인데, 구석의 계단을 통해 3층으로 올라가면 세련되고 포근한 공간이 우리들을 맞이한다.

그림을 배워 보겠다고 신랑을 쫓아다니다가 몇 번 본 사장님의 일러스트 솜씨는 정말 굉장했다. 이렇게 말하는 게 실례인 것 같지만, '기계' 같다고 말했을 정도로 너무 정교하고 세밀해서, 그렸다기보다는 프린트한 느낌이 들 정도였다.

손재주가 워낙 좋아서 액세서리도 만들어 전시를 하고 팔기도 하신다. 신랑은 어느 날 나비 모양의 펜던트가 달린 목걸이를 가지고 들어와 내밀었다. 요즘은 그냥 맨투맨 티셔츠 한 장에 코트 하나만 덜렁 입고 다녀서 목걸이 할 일이 없지만, '언젠가 조금 더 공식적인 자리가 생기면 그때 꼭 해야지' 그런 마음으로 모셔 두고 있다.

부산 산복 도로

부산 산복 도로에서 바라보는 풍경은 정말 멋지다. 좁은 골목을 따라 걸으
면 운치가 느껴져서 이곳으로 사진을 찍으러 오는 사람도 많다.

'산복 도로'는 산의 배, 즉 '산의 중턱을 지나는 도로'를 가리키는
말이라고 한다. 부산에는 유독 이리저리 꼬인 골목이 많은데,
산 중턱에 능선을 따라 많은 집이 다닥다닥 붙은 광경을 자주
목격한다. 그중에 몇몇 마을은 관광지로 개발되어 많은 관광객을
불러 모으기도 하지만, 개인적으로 나는 시내버스를 타고 산복
도로 둘러보기를 추천한다.
몇 년 전에 〈부산의 바깥〉이라는 부산의 외곽 동네들을 둘러보는
여행기를 짧게 연재한 적이 있었는데, 산복 도로뿐만 아니라 부산
곳곳에는 아름다운 골목과 바다를 조망할 수 있는 특별한 풍경이
숨어 있다는 것을 알게 되었다. 물론 그곳에 거주하는 주민들의
삶에 불편을 끼치지 않도록, 항상 조심스러운 마음을 잊지 않는
것은 기본.

155

'맨발동무도서관'

맨발동무도서관은 부산 북구 화명동 주민들이 십시일반으로 만든 사설 도
서관인데 아이들이랑 함께 오는 부모들이 많다. 도서 관련 프로그램은 물론
이고 주민들을 위한 다양한 강연이나 강좌들도 열리는데, 강연 중에 아이가
칭얼대고 보채서 업고 달래는 엄마의 모습을 그렸다.

신랑은 우울증 증상이 심하지 않을 땐 다양한 사람을 만나고 또
사람 만나는 일 자체를 두려워하지 않는 편이다. 덕분에 나도 많은
사람을 만났다.
지역 주민들의 손으로 만들어져 운영되는 공간을 만날 때면, 삶을
꾸려가는 그들의 노력이 존경스럽다. 주민들이 직접 꾸려서 그런지
다른 도서관과는 분위기 자체도 약간 다르게 느껴진다. 도서관이나
책을 만나는 게 아니라, 주민들을 만나는 것 같은.
누구네 집 거실처럼 좌식으로 꾸며져 있는데, 털퍼덕 주저앉고
싶을 때가 한두 번이 아니었다. 나이가 들어 차마 그러진 못했지만,
배를 깔고 엎드려 책을 보는 아이들이 부러웠다. 눈 딱 감고
아이들과 같이 배 깔고 뒹굴뒹굴하며 책 읽고 싶을 정도.
얘들아, 너희들은 좋겠다. 이런 도서관이 있고, 이런 엄마와 아빠가
있어서.

강연중에 애기
칭얼대고 보채서
업고 얼래는 어머님.

157

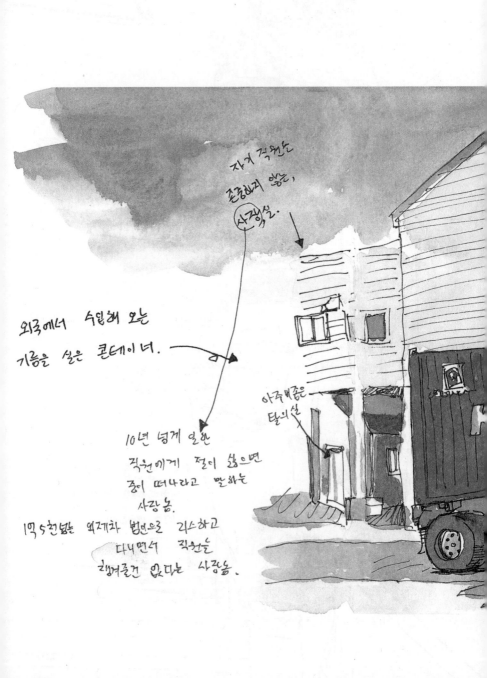

자기 직원은
존중하지 않는,
사장실.

외국에서 수입해 오는
기름을 실은 콘테이너.

아직 버릇은
털의 산

10년 넘게 일한
직원에게 절이 싫으면
중이 떠나라고 말하는
사장놈.
1억 5천만은 외제차 법인으로 리스하고
다니면서 직원은
챙겨줄건 없다는 사장놈.

나는 현장 노동자

윤활유 보관 창고

내 작업화

투박한 내 작업화가 왠지 마음에 든다.

그의 노동은, 예상치 못한 순간에 내 마음을 흔들었다. 샤워하고
나왔는데도 여전히 새카만 손톱 밑이 그랬고 어루만지면 느껴지는
갈라진 손가락 마디마디가 그랬다. 어울리지 않게 애교라도
떨어 보려고 큰 몸을 억지로 접어 그의 품에 안겼을 때 그의 두
팔보다 먼저 나를 감싸는 역한 기름 냄새를 맡을 때도 그랬다.
폭염주의보가 내린 한여름에 오히려 온몸을 꽁꽁 감싸고 문을
나서야 하는 그의 뒷모습을 볼 때도, 방진마스크를 쓴 자신의
모습을 그리고 있는 땀에 전 그의 목덜미를 볼 때도 그랬다.
신랑이 처음 자신이 일하는 현장을 그리기 시작할 즈음 이
작업화를 그렸는데 그때 나는 이 그림을 보고 눈물이 왈칵
치밀었던 기억이 있다. 그가 그린 건 단순히 자신의 두 발이었지만
그 풍경이 보이는 듯했다. 쉬는 시간에 작은 노트를 들고 그렸을
모습, 다른 사람들은 담배를 피우고 커피를 마셨을 그 시간에 노트
하나를 들고 쪼그려 앉아 이 풍경을 그림에 옮기고 있었을 그의
모습.

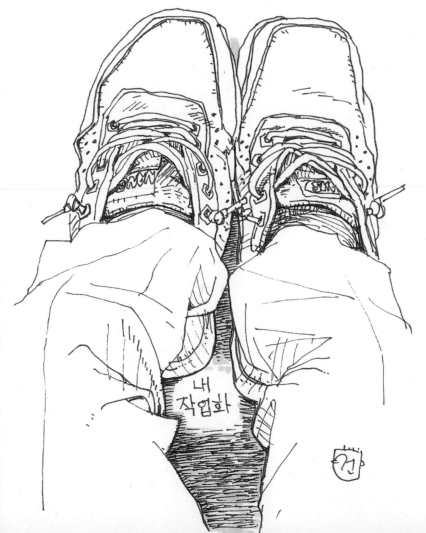

꼬인 철판의 바닥 무늬도 낡아 틀어진 작업화의 선들도,
그 순간 나에겐 그 어떤 명화보다 아름다웠다.

그래서 나는 신랑에게 일하는 현장 모습을 그림으로 꼭
옮겨 달라고 말했다. 사진을 찍어 집에 돌아와 그리면 되니
많은 자료를 남기라고 했다.
참으로 고귀하고 아름다운 작업이 될 거라고.
나는 신랑의 어깨를 쓰다듬었다.

아주 넓은 공간

현장 풍경

#2층 난로 앞에서 드로잉

2층에 간이 휴게실이 있어서 소파에 앉아 난로를 켜고 그림을 그렸다. 2층 휴게실에 앉아 있을 시간이 그리 많지는 않다. 바깥 날씨가 너무 추울 때 가끔 들어와서 추위를 피하는 정도이다.

#3인치 밸브

기름 탱크에 폐유를 넣을 땐 들어가는 밸브를 연결하고, 기름을 납품하기
위해 탱크로리에 실을 땐 나오는 밸브를 연결한다.

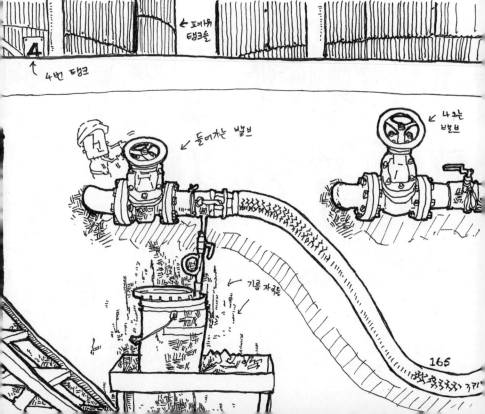

← 퍼내위
탱크들

← 4번 탱크

← 들어가는 밸브

← 나오는
밸브

← 기름 자국들

165

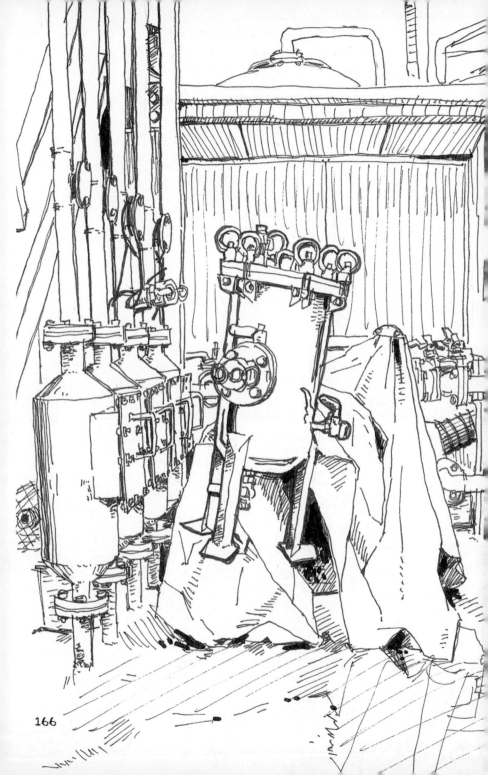

167

출근 할 때 탈의실 모습

매우 좁다. 아침에 사람이 몰리면 세 명 정도 밖에 못 들어가서 밖에서

기다리다 사람이 나오면 차례로 들어가서 옷을 갈아입는다.

#퇴근할 때 모습

역시 이용 방법은 같다.

169

노란 탱크차는 폐유를 싣고

마트나 백화점의 카센터 같은 곳에서 폐유를 수거해 우리 회사에 납품한다.

수분 테스트를 해서 수분이 4% 이상 나오면 그만큼 제하고 정산하는 형식이

다. 탱크로리 위에 올라가서 기름을 받는데, 여름에는 뜨거운 햇살과 열기가

있는 기름 때문에 더워서 힘들고, 겨울에는 찬 바람 때문에 추워서 힘들다.

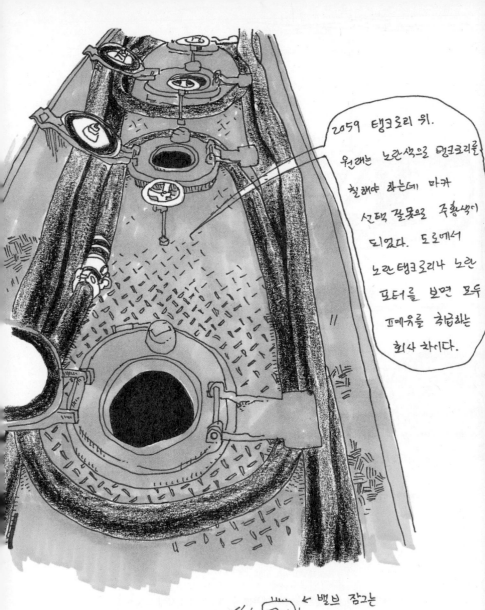

2059 탱크로리 위.

원래는 노란색으로 탱크로리를
칠해야 하는데 마카
선택 잘못으로 주홍색이
되었다. 도로에서
노란탱크로리나 노란
포터를 보면 모두
페유를 취급하는
회사 차이다.

← 밸브 잠그는
박조주임.

노란색 기름통을 실은 트럭들이 모두 폐유를 수거하는 차량이라는
걸 나는 처음 알았다. 언젠가 한번 신랑에게 회사에서 하는 일이
정확히 무엇이냐고 물은 적이 있는데 당시 신랑이 상세하게
설명을 해 주었지만 나는 제대로 이해하지 못했던 것 같다.
곳곳에서 폐유를 수거해 와 보일러로 가열하고 약품을 넣어 수분을
제거하고 찌꺼기를 걸러내는 일이라고, 그 비슷하게 말했던 것
같다. 보일러를 돌릴 때 적당한 양을 지키지 않으면 기름이 넘치고
밸브를 제때 여닫지 않아도 역시 넘친다고 했다. 행여나 걸러져야
하는 기름에 불순물이 섞이면 전부 다 못 쓰게 된다고 말한 것
같은데 여전히 나는 거기에 몇 개의 밸브가 있는지, 보일러라는
것이 어떤 방식으로 기름을 끓이는 건지 알지 못한다.
신랑을 따라 휴일에 몇 번 그가 일하는 작업장에 들어간 적이 있다.
농구장 2개를 붙여 놓은 정도의 공간에 여러 개의 거대한 통과
그 사이에 구불구불한 모습으로 이어진 관들, 여기저기에 붙은
계기판들이 엉켜 있었다. 하지만 눈으로 보고도 나는 여전히 그게
뭔지 알 수 없었다.
남편의 노동에, 아내의 노동에, 우리는 얼마나 많은 관심을 두고
있을까? 혹시 통장에 찍히는 숫자 몇 개로만 그 의미를 파악하며
이해하고 있는 건 아닌지.
다음번에 그가 새로운 직장을 갖게 되면 그가 하는 일을 꼭
세세히 알아보고 이해하고 싶다. 그래야 우리의 노동에 관해 함께
이야기할 수 있을 테니까. 그의 노동이 아닌, 우리의 노동.

수입유 컨테이너

회사에 들어오는 폐유만으로는 납품량을 맞출 수가 없어서 외국에서 기름을 계속 수입했다. 수입유 컨테이너가 한 달에 20대 정도, 일주일에 5대 정도 들어온다. 컨테이너 안에는 20톤 정도의 기름이 있는데, 그 안에서 기름을 빼는 일이 참 힘들었다. 서로 힘을 모아 조금씩 방법을 연구하며 나아지긴 했지만 그래도 최소한 4명은 붙어서 작업을 해야 하는 어려운 일이었다. 컨테이너가 많이 들어올 때는 하루에 7대까지 들어왔는데, 공장 부지가 넓지 않다 보니 컨테이너 작업이 다른 작업과 겹쳐서 많이 힘들었다. 처음에는 수입유 튜브에서 잔량을 빼는 노하우가 없어서 들어올 때마다 식겁했는데, 나중에는 받침대도 쓰고 나름 요령이 생겼다.

신랑의 일은 기름의 종류에 따라 각기 다른 방식으로 작업을 해야 하는 모양이었다. 그래서 사람을 새로 뽑아도 제대로 일을 할 수 있을 때까지 가르치는데 시간도 오래 걸리고, 중간에 작업을 잘못해 기름이 섞이거나 잘못 분리되면 기존에 일하던 사람들이 모두 감당해야 해서 보통 일이 아니라고 했다. 그래서 새로운 직원을 뽑는 일도, 계속해서 일을 버텨 내는 것도 쉬운 일이 아니라고.

기름을 실은 트럭들이 들어오면 거기에 실린 컨테이너에서 기름을
빼는 것부터가 일의 시작이라는데, 기름을 모두 깨끗이 빼기 위해
어쨌든 탱크 안으로 들어가야 한다고 했다. 기름을 종류에 따라,
용도에 따라 완벽히 분리하면 그걸 드럼통에 하나하나 담고 굴려,
다시 트럭에 차곡차곡 쌓아야 한다고.

도로를 지날 때, 신랑은 거대한 트럭들을 유독 주의 깊게 바라보곤
했는데, 나는 그게 단순히 그걸 그리고 싶기 때문이라고만
생각했었다. 그런데 지금 보니 그 트럭 안에 너무 많은 이야기가
숨어 있는 걸 알고 있기 때문이었는지도. 그가 그린 트럭 그림들이
개인적으로 참 좋다.

벙커씨유
제품 저장탱크

400ㄷ 32ㄷ
저장 가능.

176

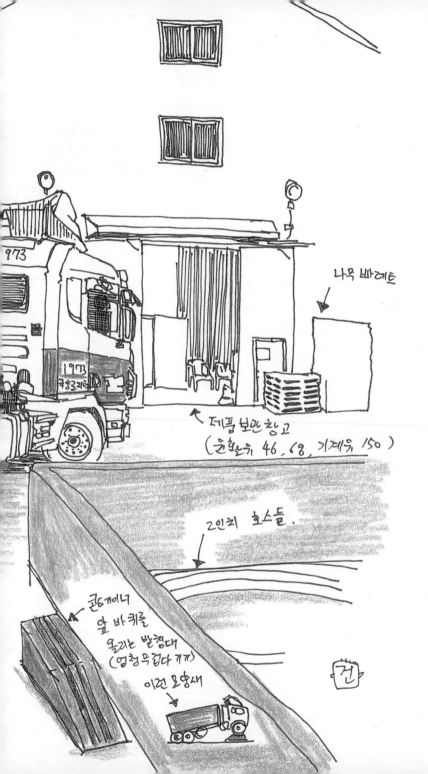

나무 빠레트

제품 보관 창고
(윤활유 46, 68, 기계유 150)

2인치 호스들.

콘테이너 옆 바퀴로
올라는 발청대
(엄청무겁다 ㅠㅠ)

이건 모형새

1973

1973
국호3215

걷

보일러 청소

정품 보일러 연료를 쓰지 않고, 우리 회
사에서 정제한 기름을 쓰다 보니 보일러
안에 찌꺼기가 자주 쌓인다. 보일러를 열
고, 방진마스크를 쓴 채 안에 들어가 쌓
인 먼지를 긁어내고, 청소한 흔적을 정리
하는 데 반나절이 걸린다. 서너 달에 한
번씩은 청소해야 하는데, 매번 하는 일이
지만 청소하기가 정말 싫다.

처음 회사에 들어왔을 때 값싼 방진마스
크를 썼더니 청소할 때마다 먼지가 폐로
들어왔다. 사장에게 더 이상은 못 하겠다
고 했더니, 그제야 방진마스크도 좋은 거
로 바꿔 주고 청소할 때마다 수당도 10만
원씩 얹어 주었다. 솔직한 심정으로는 수
당 안 받아도 좋으니, 보일러 청소를 아
예 그만두고 싶었다.

쓰레기 담는
통포대.

진공
청소기

2015.11.16

'보일러 청소'라는 걸 하고 돌아오는 날이면, 신랑은 초주검이
되었다. 처음에는 신랑이 말하는 '보일러'라는 게 어떤 건지 감이
잡히지 않아 몰랐는데 나중에 신랑이 그린 그림과 사진을 보고
그게 얼마나 큰지, 그 안에 들어가기 위해 어떤 복장을 해야 하는지
알게 되었다. 한여름에 답답한 방진복을 입고 방진마스크까지
착용한 뒤 작은 통에 들어가야 하는 일은 상상조차 하기 힘들
정도로 끔찍했으리라.

그런데도 이전에는 보일러 청소 시간을 일과 시간에 대충
포함하고 이의를 제기하자 슬그머니 마스크를 바꿔 주고 수당도
주었다니, 이것이야말로 착취가 아니고 무엇일까? 인간을 기계처럼
다루는 여러 노동 현장에서 사람이 망가지고 않는 소리가 나야
들여다보겠다는 비인간적 시선은 도대체 얼마나 곳곳에 뿌리박혀
현장의 노동자들을 옥죄는 걸까?

그렇게 오래도록 한 회사에 다니면서 신랑은 부당한 것에 관해
많이 이야기했었다. 위에서는 명령하고 아래에서는 따라야 하는
현장의 분위기는, 노동자들의 입을 막고 많은 문제를 노동자들끼리
무마하고 해결해야 하는 일로 만들어 버린다고 신랑은 종종
분개했었다. 동료들 대신 사장실로 뛰어 올라가 사장과 독대를
하며 개선을 요구할 정도로 신랑은 할 수 있는 것들을 해야 한다고
믿었지만 차일피일하다가 개선되는 일은 많지 않았다고 했다. 그저
아래에 괴어있던 돌을 빼내 위로 옮기는 식의 해결이, 그들이 하는
전부라며 신랑은 자주 낙담했었다.

곁에서 지켜보기에도 그가 일했던 현장의 노동 강도는 너무 과했다. 노동과 사람이 어우러져 성장해야 할 텐데, 그건 그저 꿈같은 이상에 불과했다. 신랑이 몸담던 곳이 소규모 업체라 더 그랬다. 왜 우린 누군가의 희생을 당연하게 여기며, 미래를 그리고 꿈꾸어야 하는 걸까? 그게 정말 꿈꿀 만한 미래일까?

오늘도 집으로

회사 샤워실이 너무 좁아서 두 명이 들어가면 꽉 찬다.

그래서 '짬밥' 순서대로 들어가 씻는데, 오랫동안 씻는 사람도 있어서 짬이

안 되는 사람들은 그냥 집에 가서 씻는다.

퇴근할 때가 가장 좋다. 샤워실이 좀 넓으면 안 기다려도 되는데….

신랑의 퇴근 시간은 오후 5시. 하지만 오전 7시까지 출근해야
하기에 6시에 집을 나선다. 신랑이 이 직장을 택한 것은 그나마
오후에 한 시간이라도 일찍 끝난다는 것과 격주로 토요일마다
나가지 않아도 되기 때문.

그러나 쉬는 토요일이 껴 있는 주에는 평일 잔업이 많아 밤
9시를 넘겨 들어올 때가 많았고, 법정 공휴일에 일해야 하는
날도 많았으니, 격주 주 5일은 그저 허울 좋은 이름일 뿐이었다.
대부분 중소 생산직의 현실이 그렇다고 했다. 매년 각종 포털
사이트에서는 일 년 중 공휴일 수를 하루 이틀 따져 보며
일희일비하지만, 어떤 노동자들에게는 그저 다른 세계에 사는
것 같은 박탈감만 주는 소식일 뿐. 그들에겐 그저 술 한잔으로
위로해야 하는 것이 지금 우리가 사는 여기 이곳의 현실이라고,
신랑은 말하곤 했었다. 온종일 땀에 전 몸 하나 편안히 씻을
공간조차 없는 것이, 2018년 대한민국 노동 현장의 시간이라고.

탱크 청소하는 어르신들

탱크 안에 들어가서 청소하는 것은 엄청 힘든 일이다. 주로 외부 업체분들
과 함께 작업하는데, 탱크 안에는 주로 50~60대 여성분들이 들어가신다.
힘든 일이라 단가가 높지만, 그래도 어르신들이 일하는 모습을 보면 마음이
짠할 때가 많았다.

신랑 회사에도 외부 업체를 불러 함께 작업하는 경우가 많았던
모양이다. 여러 업체에서 온 다양한 사람의 모습을 그리는 경우가
많았는데, 그분들의 모습을 그림으로 옮길 때 신랑의 펜 끝은
유독 세심해진다. 정작 그림을 그리는 신랑은 의식하지 못하는 것
같지만, 내 눈에는 그렇게 보인다.

새로운 설비 공사를 하느라 망치질 하는 노동자의 뜨겁게 달궈진
귀, 파이프를 절단하는 노동자의 평온한 얼굴, 가깝게 다가가지
못하고 멀리서만 지켜보는 일꾼들의 뒷모습.

누구나 부러워하는 그림 실력이 있으면서도 그리는 걸 극구
거부하던 때, 신랑은 그런 이야기를 한 적이 있다. 자신은 똑같이
그리는 것밖에 할 줄 모른다고. 눈에 보이는 걸 그대로 종이에
옮기는 것뿐인데, 그게 뭐 그렇게 대단한 일이냐고.

그러나 '예술'이라는 이름 속에 기록되지 못한 것들이 우리
주변엔 너무도 많다. 보이지 않는 곳에 있기에 무감하게 지워진
시간이, 삶이 있다. 그 시간을 사진 한 장으로 찍은 것도 역사가
되고 예술이 되는데, 하물며 그림으로 옮긴 풍경은 작가의 마음이
손끝에, 시선에 묻어 더욱더 귀할 수밖에 없다. 우리 모두가
모성을 닮은 복사물인 것처럼, '창의적'이라는 말도 결국 현실에
뿌리내린 일. 아무도 관심 갖지 않는 풍경을 발견해 작가의
시선으로 되살리는 것만으로도 예술의 가치는 차고 넘친다. 모두가
등을 돌린 곳에 끝까지 홀로 남아 지키는 모습이라니, 이처럼
창의적이고 독창적인 몸짓이 예술이 아니라면 무엇일까?

신랑의 휴대전화 사진첩에는 무수히 많은 사진이 보관된 걸로

아는데, 이제 그것들을 하나하나 그림으로 옮기는 귀한 작업에
생의 후반을 할애할 수 있으면 좋겠다. 앞으로 몸담게 될 새로운
노동 현장의 풍경까지도.
이것이야말로 노동과 노동자가 함께 성장하고 늙어가는 귀한
풍경이 아닐까?

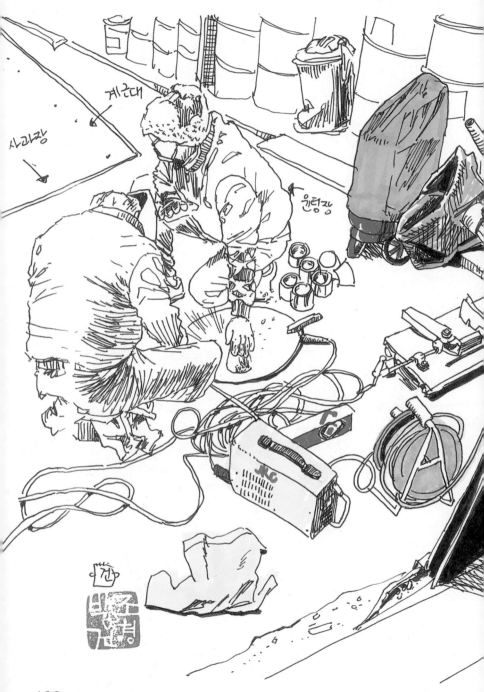

용접

용접할 일이 생기면 사 과장님이 종종 하곤 했다. 용접한다고 수당이 붙는 것도 아닌데, 용접을 배운 공고 출신이라는 이유로 용접을 도맡아 했다. 그림은 사 과장님과 윤 팀장이 용접하는 모습.

다른 직장에서는 용접 일만 주로 하는 분이 계셨는데, 허리를 숙이고 작업을 많이 해서 허리가 좋지 않으셨다.

190

스트레이너 청소

스트레이너는 '여과기'를 뜻한다. 미세한 찌꺼기가 여과기에서 걸러지기 때문에 기름을 납품하는 차에 한 번 실을 때마다 스트레이너를 청소해야 한다. 한여름에 햇볕이 바로 머리 위로 내리꽂을 때면 이 청소를 잠깐 하는 것만으로도 금방 지쳐 버린다.

외근

탱크로리 기사 혼자 가서 작업하기 어려운 경우에는 함께 갔다가 작업을

하고 돌아오곤 했다.

그는 이따금 외근한다며 집에 들어오지 않았는데, 그럴 때면
모텔에서 혼자 자는 자신의 모습을 사진으로 찍어 보내 주곤 했다.
거제나 통영 혹은 울산같이 근처로 나갈 때는 새벽에 일찍 나가
저녁에 들어왔지만 목포나 속초처럼 먼 곳에 나가 폐유를 실어
와야 할 경우엔 어쩔 수 없이 1박을 하는 경우가 대부분이었다.
오랜 시간 차를 타야 할 때 신랑은 매번 책을 몇 권 챙겨 가서
조수석에 앉아 읽곤 했다. 이따금 같이 나간 기사님들이 계속 말을
시키거나 동의할 수 없는 이야기를 우스갯소리라고 건네올 때면
그게 그렇게 괴롭다고 말했다. 맞장구를 치는 것도 한두 번이지,
남성 중심적인 생산직 노동 현장에서 여성 비하 발언을 하거나
여성을 성적 대상으로 만들어 우스갯소리라며 서로 낄낄거리는 걸
듣고 있으면 유독 견디기 힘들다고 신랑은 이야기했었다. 그래서
다른 사람들이 같이 모여 쉴 때도 신랑은 멀찌감치 떨어져 혼자
지친 몸을 눕히고 쉬거나 그림을 그린다고 했다.

한여름 공사

그냥 서 있기만 해도 땀이 주르륵 흐르는 날, 검게 그을린 얼굴로 작업을 하시는 인부들을 보면 진짜 전문가 포스가 느껴진다. 그라인더로 설비 배관을 절단하면 노란색과 주황색의 불꽃이 튀는데, 부장님의 표정은 평화롭기까지 하다. 난 땡볕에서 오래 일하면 체력이 달려서 못 버티겠던데…. 책임감을 갖고 일하시는 모습을 보면 존경심이 생긴다.

가뜩이나 일손이 모자라 정신없이 바쁜데, "사장이 또 설비를
늘리려는 모양이다"라고 신랑이 몇 차례 얘기했던 것이 기억난다.
사장은 현장 상황은 생각하지도 않고 무조건 설비만 늘리고,
지시만 해 놓으면 '어떻게든 돌아가겠지'라고 믿는 것 같다고.
그는 연신 한숨을 쉬었다. 추가 근무를 하게 되면 1.5배의
잔업수당을 받긴 하지만, 잔업을 하지 않을 선택권조차 존재하지
않는 현장에서, 그건 강요나 다름없다고 신랑은 말했다.
사업주는 영업난이라 어쩔 수 없다고 말할 테고, 현실을 감당해야
하는 건 결국 현장 직원들의 몫. 직원들의 마음을 완전히 헤아리는
사업주 같은 건 존재하지 않는다는 신랑의 말이, 그즈음 자주
떠올랐다.

#노동자의 두툼한 손

육체 노동자들의 손은 대부분 두툼하고 투박하다. 뭔가 짠하기도 하고, 그들

의 노동이 상상된다. 두툼한 손을 조금 크게 그린 이 그림이 마음에 든다.

#춘추용 작업복

계절마다 작업복을 새로 주문한다. 기름 회사다 보니 빨아 입어도 많이

지저분하고 종종 기름을 뒤집어쓸 때면 아예 버려야 하기 때문이다.

춘축
작업복

먹고사는 일이 쉽지가 않네

#조출(조기 출근)해서 컵라면 먹기

1시간 일찍, 6시에 조출을 할 때는 혼자 나오는 경우가 많은데, 그때 먹는 컵라면이 참 맛있다. 추운 겨울에 라면 하나 먹고, 봉지 커피를 한 잔 마시면 정말 꿀맛이다.

#코 풀기 "흥!!"

대부분 야외에서 일을 하니 추운 겨울이 되면 콧물이 자주 흘러내린다. 훌쩍이는 것이 짜증이 나서 어느 날 한쪽 콧구멍을 엄지손가락으로 막고 다른 콧구멍으로 "흥!!"하고 풀어 보았다. 그러자 콧물이 아주 시원하게 떨어져 나갔다. 옛날에 아버지가 "흥!!"하고 코를 푸는 모습을 보고 더럽다고 생각 했는데, 막상 해 보니까 시원하고 콧물도 다 떨어져 나가서 좋았다. 일할 때 이런 방식으로 코를 자주 풀었다.

#두툼한 겨울 작업복

한겨울 매서운 추위에 대비하기 위해 몹시 두툼해진 모습이다. 야외 작업이기 때문에 내복을 껴입는 사람도 있었고, 두꺼운 바지를 입기도 했다. 상의도 여러 겹 껴입고 목 토시에 귀마개도 하고. 모자까지 눌러 쓰면 그나마 조금 견딜 만하다.

노동의 풍경은 너무 빨리 지나간다. 똑같은 일과 똑같은 사람들, 똑같은 장소. 그래서 우린 너무 많은 걸 놓치고 있는지도 모른다. '먹고사는 일'이라고 간단히 말하기에 그건 너무 길고 복잡한 시간인데 우린 애써 돌아선 채 오직 의무감으로만 그 시간을 간단히 기록한다.

그래서 신랑의 그림이 아름다워 보이는 모양이다. 그의 그림 속 노동 풍경은 아무것도 놓치지 않으려는 손길 같아서. 컵라면 하나, 코 푸는 동작, 여름 작업복, 겨울 작업복, 같이 일하는 동료들 그리고 그들의 손 모습까지. 그의 그림 속에서 다시 태어나며 허투루 떠나보냈던 시간은 살아남고, 그의 시선 또한 영원히 머문다.

그래서 나는 언젠가 우울과 무기력에 빠진 자신을 그려 보라고 제안하기도 했지만 신랑은 싫다고 했다. 우울의 시간은 끝까지 외면하고 싶은 풍경인 모양이다. 노동의 풍경처럼, 그림으로 남겨진 우울의 풍경은 어떤 모습일까? 그 어떤 것보다 오래도록 그와 함께 살았으니 똑같거나 다르거나 어쨌든 여러 장일 텐데. 나는 그렇게 사라져 버린 그의 그림들이 궁금하다.

사진을 부탁해

효권이에게 사진을 부탁하면 그림 그리기에 좋은 사진을 많이 찍어 준다. 하지만 병석이 행님에게 부탁하면 좋은 결과물을 기대하기 어렵다. 역광을 피해야 하고 인물이 화면 안에 차게 찍어야 하는데, 효권이만 그렇게 찍어 준다. "허허허" 웃는 내 모습이 참 마음에 드는 사진이다.

작업장에 배관 여러 개가 얽히고설켜 있다 보니 신랑은 유독 배관들과 씨름을 했다. 어떤 배관은 막히지 않도록 청소해야 하고 어떤 배관은 온도가 너무 높거나 낮지 않도록 조절해야 하고, 또 어떤 배관은 계절에 따라 청소도 하고 비우기도 하고 그래야 하는 모양이다.

그림을 그리기 위해 사진을 찍으려 배관 앞에 선 그를 상상해 본다. 사진을 제대로 찍지 못하는 동료에게 눈을 흘기고 사진을 잘 찍는 동료 앞에서 환하게 웃는 그의 모습. 어쩌면 거기 그 혹독한 현장에도, 웃음이 오가는 여유가 있었나 보다. 그런 웃음들이 모든 노동 현장에서도 계속 이어지기를.

고마운 동료들

#담배 피며 커피 마시는 광대

회사에서 동료들이 커피를 마시며 담배를 같이 피우는 모습을 자주 봤다.
두 가지를 같이 하면 어떤 맛일지 궁금해서 한번은 그들에게 물어 보았는
데, 담배를 피우면 목이 말라서 커피로 목을 축여 주는 정도의 의미밖에 없
다고 했다. 그렇구나. 특별한 맛은 아니구나. 그림은 동료 광대가 담배 피며
커피 마시는 모습과 밸브 잠그는 모습.

키는 작아도 믿음직스럽게 일을 잘하던 광대. 회사 나간 지가 꽤 되었는데
지금은 어디서 어떤 일을 하고 있을까 궁금하다.

#성실한 효권이

착하고, 키 크고, 잘생기고, 싹싹하고, 일도 잘하던 효권이는 자기 나름대로
여러 가지 자격증 공부도 하고, 그러다 다른 회사를 알아보더니 지인의 소
개로 회사를 옮겼다. 언젠가는 떠날 거라고 생각했지만, 빈자리가 컸고 그
만큼 괜찮은 동료가 들어오는 것이 쉽지 않았다. 아직 20대라 같이 일하자
고 더 붙잡을 수가 없었고 다만 이직한 곳에서 잘 자리 잡기를 빌었다.

얼굴 타지 않게
어깨에 쓰는
모자

#듬직한 승철이 행님

큰형님 같은 승철이 행님. 참 듬직하고 믿음직스러웠다.

작년에 우울증과 무기력증 때문에 7개월 동안 회사를 겨우겨우 다녔다.

SNS에서 내 글(우울증에 관한)을 관심 있게 보시면서 댓글 하나가 날 불편하

게 할까 봐 참 조심스럽게 대해 주셨다. 나이만 많다고 형님이 아니라, 품이

넓어야 형님이다.

#긍정 에너자이저 동명이 형

끊임없이 몸을 움직이고 늘 씩씩하던 동명이 형. 세 아이의 아빠인데, 회사에서 운전뿐만 아니라, 따로 놀이방 운영까지 하느라 잠을 많이 못 자고 푹쉬지 못하는 모습이 늘 안쓰러웠다. 하지만 언제나 긍정적인 에너지가 넘치고 성실한 사람이라 내가 너무 좋아했는데, 이런저런 스트레스를 탄산으로 푸는지 늘 탄산수를 달고 사셨다. 지금은 퇴사하고 놀이방 운영에만 전념하고 있다.

← 운전중인
정동명
기사님.

탄산
중독자
정기사님 →

← 작업할때
쓰는 빨간색
코팅장갑.

210

#일 잘하고 성격 좋은 승희 행님

술을 좋아하지만, 회사 일에는 전혀 지장 없이 믿음직스럽게 일을 처리하던

똑순이 승희 행님. 어딜 가서든 일 잘하고 신뢰 받을 만한 분이다.

기사들은 4시면 퇴근하는데 술 한잔 하시려 배차실 앞에서 김 기사님이랑

이 기사님을 기다리는 모습이다.

7년이 넘는 시간을 보냈으니 신랑에게는 많은 동료가 있었다. 워낙
강도가 높은 생산직이었고 한 사람이 빠지면 나머지 사람들이
그 한 사람 몫을 나누어 감당해야 하는 일이라서, 누군가의
빈자리는 그만큼 컸다. 그래서 동료 중에 이직을 하거나 회사를
그만둔다는 이야기를 듣고 오는 날이면 신랑의 낯빛은 꽤 어두워져
있었다. "하긴, 젊으니까 이런 데서 썩기에는 아깝지"라며 고개를
끄덕이면서도 한동안은 떠나간 동료를 그리워하는 듯했다.
한번은 그렇게 회사를 나갔던 동생이 다시 회사로 돌아왔는데 너무
좋아서 어쩔 줄 몰라 하는 신랑 모습을 참 오랜만에 보았다. 결국
그 친구는 다시 회사를 그만두고 다른 곳으로 옮겨 갔지만 마음
둘 곳 없이 고되기만 한 생산직 노동자의 삶에서 동료들의 존재는
참으로 컸던 모양이다.
일을 그만둔 지금, 이따금 거리나 병원에서 전 직장 동료들을
마주하면 신랑은 금세 얼굴이 환해진다. 곁에서 함께하는 '좋은
사람'이 주는 에너지는 참으로 크고 넓다.

좋아하기 정말 힘든 동료

어느 회사나 자기랑 맞지 않는 동료가 하나씩은 있기 마련이다. 나에게 그런 사람은 처음 회사에 들어가 일을 배운 내 바로 위 사수였는데, 정말 많이 싸우고 멱살잡이도 몇 번 했던 동료다. 약한 사람에겐 강하고 강한 사람에겐 무조건 맞추는, 전형적인 자기만 아는 그런 타입.
밖에서 보면 별로 아는 척하고 싶지 않은 동료다. 그런 동료와 함께 지내며 버티고 싸우는 법을 익혔으니 그것도 나름 그에게서 배운 것이라고 할 수 있겠다. 너 때문에 정말 인생 공부 많이 했다!

이분에 관한 이야기는 신랑이 회사를 다니던 초기부터 들어왔던 것 같다. 처음에 몇 번 신랑이 그분과 싸운 이야기를 해 주었을 땐 얼굴조차 모르는 그 사람이 정말 원망스러웠다. 처음 하는 일이다 보니 자주 실수하고 틀리기 마련인데 좀 너그럽게 가르쳐 주고 찬찬히 지켜봐 주시지, 다그치기만 하는 그가 참 야속했다. 신랑은 그럴 때 더 당황을 많이 하는 스타일이라서 잘하고 싶어도 쉽지 않았을 텐데 그러다 보니 나로서는 마음이 그랬다.
그래도 언젠가 이분이 내 책과 내가 쓴 글에 관해 묻더라는 이야기를 들었을 때, 한발 뒤로 물러나 좀 더 객관적으로 어떤 사람일까 궁금해졌다.

누군가에게 마음을 닫았을 때, 사람들에게 환영받는 나로 살지
못하게 되어 버렸을 때, 나름의 이유가 있다고 생각한다. 함께 일을
해야 하는 관계 속에서 불편하고 힘겨울 뿐, 인간 대 인간으로
만났을 때 나쁜 사람은 존재하지 않는다는 걸 우린 잘 알고 있다.
좋은 점수든 뛰어난 결과물이든 공통의 목표를 가지고 함께 힘을
모아야 하는 경우엔 서로 제 몫을 해야 하는데 사람이 도구가 아닌
이상 말처럼 쉬울 리 없다. 그래서 제 몫을 하는 내가 되지 못할 때
속상하고 자괴감이 들고, 제 몫을 하지 못하는 누군가에게 싫은
소리를 하고 과도하게 압박하고 강요하게 된다.
'목표'라는 것이 단어 하나, 문장 한 줄로 쉽게 쓰인다고 하더라도
그것에 매달리는 모두의 마음이나 삶까지 납작해지지 않았으면
좋겠다. 현장에서는 어쩔 수 없이 같은 목표를 향해 앞만 보고
달리더라도, 현장 바깥에서는 이해하는 서로를 보여 주고 마음
깊이 묻힌 것을 시원하게 드러낸다면, 단단한 동질감으로 더욱
끈끈해질 수 있는 서로가 될 거라고 굳게 믿는다.

스즈끼
작업복

으~
죽어~!!

사장

대부분의 회사가 그렇겠지만 직원을 존중하고 아끼는 사장은 드물다. '여기 말고 갈 데가 없으니까 있겠지', '너 나가도 다른 사람 구하면 된다' 정도로 인식하는 경우가 많다. 연말 회식 때마다 내년에는 좀 더 나아질 거라는 말을 6년 넘게 들었지만, 언제나 말뿐이었다. "회사가 어렵다, 어렵다" 하면서 비싼 외제 차를 타고 다니는 건 대체 무슨 심리일까. 욕심만 많고, 인색했던 우리 사장님.

회사를 그만두니 사장 욕을 편하게 할 수 있어 좋다. 욕심 많고, 쪼잔하고, 자기 회사 직원들을 아끼고 대우할 줄 모르는 아주 편협한 사장이다.

신랑에게서 회사 사람들, 특히 이 사장이란 분의 이야기를 참 많이 들었다. 물론 대부분의 회사 상사 이야기가 그러하겠지만, 칭찬이나 칭송하는 말 같은 건 아니었다.

그런데도 한번은 신랑이 사장과 독대하겠다고 사장실로 뛰어 올라간 이야기를 했을 때, 나는 그에게도 우리가 예상하지 못하는 또 다른 모습이 있을지도 모르겠다고 생각했다. 신랑이 그동안 해온 이야기대로라면 사장은 독대하겠다고 올라온 직원을 내치거나 "절차를 따르라"라고 명령할 것 같았는데, 그는 신랑과 독대하며 신랑의 이야기를 들어주고 고개를 끄덕이기도 했다고 했다.

"시정할 수 있는 건 조치하겠다"고 했다 하니, 정말 그가 신랑의
말대로 그렇게 답답하기만 한 사람일까 궁금해지기도 했다.
"서는 데가 바뀌면 풍경도 달라진다"라는 말이 있다. 나도 학원에서
아이들을 오래도록 가르쳤었고 사장이나 다름없는 학원장 곁에서
학생과 학원장 사이, 학부모님들과 학원장 사이를 조율하는
일을 해보기도 했는데, 정말 어떤 자리에 있느냐에 따라 시선은
180도 달라진다. 모두가 만족하는 결과를 도출하기란 쉽지 않아
"논의하고 토론하는 문화가 필수"라고 말하는 것 같다. 누구는
높은 자리에 앉고 누구는 낮은 자리에 앉아 말뿐인 토론이 아니라,
하나의 공간과 노동을 공유하는 사람 대 사람으로 마주 보는
토론과 논의 말이다.

자화상 1·2·3·4·5

#방진마스크를 쓴 나

내가 어떤 일을 하는지 잘 보여 주는 자화상.

폐수 처리장에서 일할 때 폐수에 넣는 약품이 몸에 해로워서

방진마스크와 보안경을 착용하고 작업한다.

멋지긴 한데 그려 놓고 보니 너무 고퀄리티다.

붓펜으론 좀 더 붓펜처럼, 허술하게….

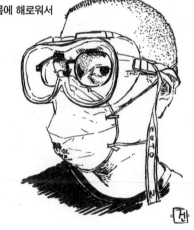

#박조 주임

전 직장에서 '주임'이라는 직책에 있었는데,

아버지·어머니 성을 같이 쓰다 보니(10년 전

에 개명했다. 그래서 성은 '박', 이름은 '조건형'으로

여권에 표기된다. '박조'라는 성이 없기 때문이다)

동료들이 나를 찾을 때, "박조! 박조!"라고

소리쳐 부르곤 했다.

#방진복을 입은 내 모습

탱크 청소가 끝나고 탱크 안에 이물질이 남아 있지 않은지, 막혔던 배관은 깨끗이 뚫렸는지 확인하러 탱크 안에 들어가려고 방진복을 입었다.

안이 컴컴해서 플래시를 하나 챙겨 들고 장화와 방진복을 갖추고 들어가야 한다.

후레시

#몸이 재산

탱현장에서 일을 하다 보면 아무리 조심해도 몸을 다치는 경우가 있다. 휘어진 철판을 만지다가 그게 펴지면서 무릎을 베어 혼자 응급실에 간 적도 있고(그때는 혼자 남아서 잔업을 했었다) 화물 운반대를 끌던 쇠갈퀴가 지게차에 빠지면서 발을 치는 바람에 그 충격으로 하늘로 몸이 붕 떴다가 땅에 떨어진 적도 있다. 생산직 노동자는 몸이 재산이라 몸을 다치지 않도록 늘 조심해야 한다.

#여름에 일하는 건 너무 힘들어

전 직장에서 여름을 일곱번 보냈지만, 매 여름마다 육체적으로 너무 힘들어 몸무게가 꽤 빠지곤 했다. 야외에서 일하는 시간도 많고, 섭씨 70~80도의 기름을 다루는 일이라서 더욱 그랬다. 여름에 진이 빠지면 종종 사람들 몰래 창고에 들어가 5분 정도 누워 기운을 차리곤 했다.

신랑은 유독 자화상을 많이 그렸다. 이불 속에 웅크리고 있는 모습, 작업복을 입은 모습, 방진마스크를 쓴 모습. 재미있고 경쾌한 자신의 모습도 놓치지 않는다. 호탕하게 웃는 모습, 장난스러운 표정을 짓는 모습, 코를 푸는 모습.

그림을 그리는 예술가가 부러울 때가 있는데, 바로 그렇게 '자화상'으로 자신을 남겨 놓을 때다. 소설을 쓰는 나는 곳곳에 나의 모습을 나누고 갈아 숨겨 놓기 바쁜데, 눈에 보이는 자신을 있는 그대로 남겨 놓으면 자연스레 시간이 담기고 내가 담기니 참 편리해 보인다.

그래서 고흐는 그렇게 여러 번 자신의 자화상을 그렸을까? 정말 단순히 모델료로 지급할 돈이 없어 자신을 그렸던 것뿐일까? '박조'라는 이름의 예술가 신랑에게, '자화상'이란 어떤 의미일까?

손빨래 안녕

회사 샤워실의 세탁기가 고장 나서 며칠 동안 빨래를 못했다. 비가 와서 옷
에서 쉰내가 나니 빨래를 안 할 수 없어 손으로 작업복을 빨고 짜서 널었다.
드디어 오늘 30만 원대 훌륭한 세탁기가 들어왔다.

신랑은 포기하지 않았다. 회사를 다니는 중에도 몇 달씩 우울증이
찾아와 그를 괴롭혔지만, 그는 온 힘을 다해 일했고 일상을 견뎌
냈다. 보통 사람은 일주일도 채 못 견디고 번번이 도망쳐 버리고
마는 일을, 그는 무려 7년이나 견뎌 냈다.

한여름에 온 얼굴과 온몸이 빨갛게 익어 숨을 헐떡이며 집에
돌아왔을 땐, "제발 다른 일을 알아보자"는 말이 턱 밑까지
차올랐다. 그런데도 나 역시 한마디도 못 했던 것은, 그가 단순히
'노동'과 싸우고 있는 게 아니라는 걸 알고 있었기 때문이다. 그는
자기 자신과 싸우는 중이었다. 결국 건강상의 문제로 회사를
그만둘 수밖에 없었지만, 좌절하거나 쓰러지는 대신 자신에게
손뼉을 쳐 주라고 말했던 것도, 그의 싸움이 그토록 치열하고
혹독했다는 걸 잘 알고 있었기 때문이다.

그런 그에게 나는 다시 박수를 보내는 수밖에 없다. 이 시대의 노동이 정말 귀한 건지는 모르겠지만, 그의 싸움이 참으로 귀한 것이라는 사실은 잘 알고 있다. 그 앞에서 내가 해야 할 일은 묵묵히 찬사를 보내는 일뿐이라는 것도.

아....
좀 쭈셔 죽겠다.

시험은 어려워

회사에서 지게차를 자주 사용했는데, 지게차 운전면허증은 없었다. 혹시 이
직할 때 필요할까 봐 회사에 다니면서 학원에 다녔다. 모르는 용어 투성이
라 처음엔 어려웠지만, 학원에 가서 설명을 잘 듣고 문제를 반복해서 풀었
더니 그리 어렵진 않았다.

어느 날 수험생처럼 두꺼운 문제집 한 권을 들고 와 공부하던 그의
모습이 떠오른다.

여러 문제로 언젠가 이직해야 할지도 모른다고 생각하고 있었고,
그래서 신랑 역시 준비를 하고 있던 모양이었다. 하지만 그는 끝내
회사를 그만두지 못했고, 그만두겠다고 회사에 통보까지 해 놓고
며칠 나가지 않다가, 결국 다시 회사로 돌아가고 말았다. 회사를
그만두었을 때도 잘했다고 신랑의 어깨를 두드려 주었고, 다시
돌아가겠다고 했을 때도 원래의 자리로 돌아가는 일이 더 힘든
거라고 나는 다시 손뼉을 쳐 주었다.

점점 회사 생활이 일상의 모든 것이 되어 버리는 우리들의 삶에
오르내리고, 갈피를 잡지 못하고, 이래야 하나 저래야 하나
난감해지는 건 어쩌면 당연한 일. 결국 그 일상을 비집고 들어가
가족을 위한 시간을 내야 하고, 자신을 지키기 위한 여유를
마련해야 한다.

이제는 정말 신랑에게 이직의 순간이 왔다. 모쪼록 자신을 지킬 수
있는 회사이기를. 같이 성장하고 또 기쁘게 늙어 가는 자리이기를.

일상 넷 **우리의 우울에 입맞춤을**

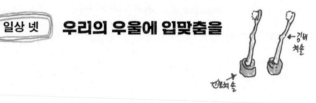

치과 가기 무서워

치과에 가면 혹여 비용이 많이 나올까 봐 그게 걱정된다. 뻔한 월급쟁이의
비애. 1년에 한 번은 스케일링이 보험에 적용되어서 짝지랑 스케일링을 받
으러 왔다. 나는 이미 받아서 점검만 하고 짝지는 스케일링을 받았다. 근데
짝지의 양치 습관에 문제가 있어 이가 많이 닳아 있었다. 그래서 덧씌우는
치료를 몇 차례에 걸쳐 받아야 하는데, 120만 원 정도 든다고 했다(평소 양
치할 때 보면 무슨 전투하듯이 닦는 데다가 시간도 5~10분이나 걸린다). 나는 이상
이 없어 괜찮았는데 짝지는 치료 비용 때문에 심란해 하셨다.

나 역시 치과에 가는 일만큼은 미루고 또 미루었던 기억이 있다.
다행히 치아에 크게 이상이 있지는 않아 멀쩡하다고 스스로
위로하며 버티고 있었는데, 스케일링을 하러 간 치과에서 내려앉은
잇몸과 치아 사이를 때워야 한다는 진찰 결과가 떨어졌다. 그나마
지금은 치아가 건강하지만, 조만간 흔들리기 시작할 거라고.
정작 신랑은 치료가 필요 없었는데, 따라간 나만 치료를 해야 할 판.
결국 120만 원을 들여 치과 치료를 끝내니 치아가 탄탄하긴 하다.
늙으면 어쩔 수 없이 돈, 버티기 위해서는 약.
이제 조금씩 늙어가는 즐거움을 찾아가야 할 것 같다.

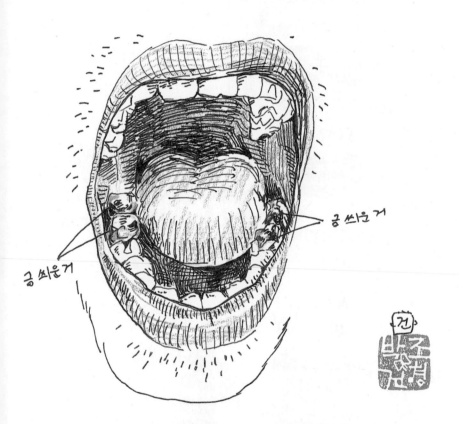

금 쒸운 거

금 쒸운 거

237

약을 챙겨 먹어야 하는 나이

나이를 먹으면서 몸 여러 군데에 탈이 나기 시작해 비타민제나 유산균 등을 챙겨 먹기 시작했다. 예전엔 챙겨 먹으라고 해도 귀찮아서 잘 안 먹었는데, 기운이 달리고 몸이 힘드니까 여러 영양제를 챙겨 먹게 된다.
따라 주지 않는 체력과 탈이 나는 몸뚱이 때문에 속상하지만 이제 내 몸에 귀를 기울이라는 신호인 것 같아 잘 챙겨 보려고 한다.

그는 영양제 같은 건 챙겨 먹지 않는 사람이었지만, 내 잔소리 때문에 이제는 꼭 알약들을 챙겨 먹는다. 때에 따라서 오메가 3이기도 하고 유산균이기도 하고 홍삼이기도 하지만, 그보다 더 중요한 건 스스로 자기의 몸을 챙기는 노력을 기울이고 있다는 사실이다. 그것만큼 영양제를 챙겨 먹는 중요한 의미도 없는 것 같다.

수영에 도전

회사 일을 하면서 허리를 삐끗하는 일이 많았다. 추운 겨울에 갑자기 힘을
쓰다가 담이 오기도 했다. 수영이 허리에 좋다는 말을 많이 들어서 수영장
에 다니기 시작했는데, 회사 잔업으로 자주 빠지다 보니 진도 따라가기가
어려워서 5개월 정도 다니다가 그만두었다.

워낙 힘을 많이 써야 하는 일이다 보니, 신랑은 자주 허리가
아프다고 말했었다. 찜질하고 침을 맞아도 그때뿐, 어쩔 수 없이
다시 일해야 하는 생산직 노동자의 삶은 다치고 나아질 만하면
다시 다치는 끝없는 순환처럼 보였다.
내가 할 수 있는 건 그저 투덜거리며 신랑의 허리를 매만지고
다시 찜질 수건을 올리는 일밖에.
그나저나 나는 이 그림이 참 마음에 든다. 파란 물도 그렇고,
엄청나게 물을 먹고 있는 신랑의 입 모양도 그렇고.

댄스 무아지경 & 쭉쭉 스트레칭

무아지경 댄스 타임!

춤이나 그림이나 글이나 원리는 같다. 못해도 되고, 망쳐도 되고.

편하고 재미나게, 몸 가는 대로. 유희 정신이 기본이다.

짝지도 나도 음악에 맞춰 막춤을 잘 추는 편이다. 생각 외로 운동량이 많고, 집에서 하니깐 주위 사람 눈치 볼 것 없이 음악에 몸을 맡겨 움직여지는 대로 춤을 추면 재미있다. 아래층에 "쿵쿵" 소리가 들릴까 봐 사뿐사뿐 발을 옮기며 춤을 춘다.

나이가 들다 보니 운동 방식도 그에 따라 바뀌게 되는 것 같다. 나는 평소 쉽게 지치는 스타일이고, 또 몇 년째 역류성 식도염을 앓고 있어서 호흡이 자주 가빠 오는데, 그래서 등산 같은 건 좀 무리인 것 같았다. 그나마 평지를 걷는 일은 괜찮은데 가파른 곳을 올라가려면 견딜 수 없을 만큼 호흡이 가빠져 그 자리에 주저앉곤 했다.

그래서 집에서도 땀을 흘리며 할 수 있는 운동이 무엇일까 고민하다가 생각해 낸 것이 막춤이었다. 30분가량 빠른 음악을 틀어 놓고 몸을 움직이면 기분도 좋아지고 흠뻑 땀에 젖어 몸이 가뿐했다. 그런 내 모습이 우스꽝스러웠는지 어느 날은 신랑도 내 몸짓을 흉내 내며 같이 온 거실을 뛰어다녔다. 몸이 좀 괜찮아지면 다시 우리 두 사람만의 댄스 타임을 시작해야겠다.

왕년에 나도 농구 좀 했다고

짝지는 중학생 때부터 농구를 열심히 해서 실력이 좋다. 최근 몇 년 동안 양산 종합 운동장에 나가 마을 청년, 아저씨들과 농구를 하곤 했는데 체력이 달리고 무릎에도 부담이 되어 많이 속상해 하셨다. 요즘은 나이에 비해 운동량이 많은 농구는 잘 하지 않고 1시간씩 걷기를 종종 하신다.

농구를 열심히 하고 샤워 후 선풍기로
머리를 말리는 짝지 모습.

최근에
한
나비
모션.

245

농구를 시작한 건 '남자'가 되기 위해서였다.
어렸을 때는 열심히 운동하면 나도 다른
아이들처럼 평범한 남자가 되는 줄 알았다.
하지만 열심히 하면 할수록 성별 따위는
잊어버리고 농구의 매력에 빠졌고, 그래서
수술하고서도 계속 농구를 해왔다.
농구공을 들고 농구장에 가면 당연히
사람들의 시선을 한 몸에 받는다. '아줌마가
뭐 얼마나 하겠어?'라는 눈빛으로
쳐다보다가 내가 슛하는 모습을 보고는
벌린 입을 다물지 못한다. 같이 게임을
하자고 해서 같이 뛰면, 지독하게 부딪혀
오는 아줌마의 몸짓에 더더욱 놀란다.
물론 신랑의 말대로 요즘은 체력이
달려 예전만 못하다. 평생을
약으로 살아야 하는 이제는
더더욱 쉽지 않아졌다.
어쨌거나 여러모로
불편한 사람이었을
나를, 게임에 끼워
주고 환영해 줘서
고마워요,
양산의 '공.수.대.' 친구들.

우와 우리 딱지
슛 멋지다.
찍 딱 꺽

헬스장

헬스장에서 운동하는 나.

전 직장 동료 이승철, 임종호 행님이랑 가끔 시간이 맞으면 헬스장에서 만난다.

헬스장에 오랫동안 다닌 편이지만 소위 사람들이 말하는 몸짱 같은 건 아니다. 안 쓰는 근육을 스트레칭하는 차원에서 띄엄띄엄 다녔다.

신랑은 나와 연애할 때부터 줄곧 헬스장에 다녔는데, 처음에는 단순히 '보기 좋은 몸'을 만들기 위한 거라고만 생각했다. 신랑에게 우울증이 있다는 걸 안 후에는 몸이라도 움직여 우울증을 극복하려는 의도라고만 생각했다. 하지만 회사에서 하는 일 때문에 뭉친 근육을 풀기 위해 운동해야 하는 몸이라니, 신랑 몸에 대한 내 생각은 다시 또 바뀌었다.

사람의 본성은 변하지 않는지 모르지만, 몸은 끊임없이 변한다. 우린 젊고 보기 좋은 몸만을 기억하고 떠받들며 살아가지만, 우리가 말해야 하는 몸의 일생은 훨씬 더 길고 복잡한지도 모른다. 주름진 손과 발은 고귀하다고 추앙하면서, 우리는 얼굴의 주름 하나조차 용납하지 않으려 한다. 한 사람이 살아온 일생의 자서전은 차고 넘치지만, 몸의 자서전은 또 다른 이름으로 쓰이고 또 읽혀야 하리라.

길고 마른 몸, 크나큰 수술을 견뎌낸 몸, 바이러스를 끌어안고
태어난 몸. 나는 요즘 내 몸을 다시금 돌아보게 되었다. 나 혼자서
오랜 세월을 버텨 왔다고 생각했는데, 내 몸이 견뎌 온 시간이
요즘 들어 고지서처럼 날아든다. 그동안은 열정과 꿈에 기대어
나의 삶을 밀어 올렸다면, 이제는 잊을 것은 잊고 내려놓을 것은
내려놓으며 소박한 삶을 시작해야 하는 걸지도.

그나저나 신랑은 최근 헬스장에 가지 않고 자꾸 불러 오는 배만
손바닥으로 통통 치며 어루만지고 있다. 등록해 놓고 가지 않으면
어떡하냐며 소리를 버럭 질렀다. 가난한 예술가 부부의 처지에
맞지 않는 처사라고 잔소리를 덧붙이면서. 돈이 아까워서든 몸이
아까워서든 어서 빨리 다시 헬스장에 나가시면 좋겠다.

바들
바들

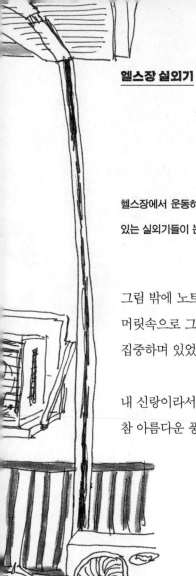

헬스장 실외기

헬스장에서 운동하고 나와 차를 타고 집으로 가려다가 모여
있는 실외기들이 눈에 띄어서 벽에 기대어 그려 보았다.

그림 밖에 노트를 들고 서 있는 신랑의 모습을
머릿속으로 그려 본다. 지친 몸을 세워 펜 끝에
집중하며 있었을 그의 모습.

내 신랑이라서가 아니라,
참 아름다운 풍경이었을 것 같다.

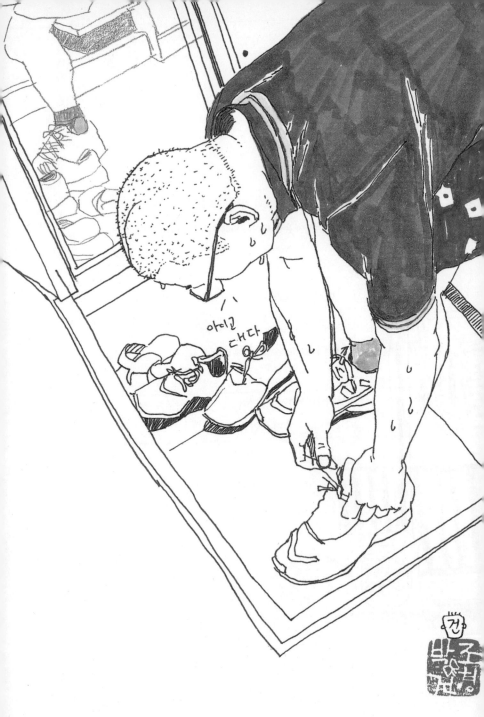

동네 달리기

헬스장에 갈 수 없는 공휴일에 가끔 달리기를 한다. 열심히 하는 건 아니고,
집 주변을 가볍게 40~50분 정도 뛰고 돌아온다.

어떤 판타지 같은 건지도 모르겠는데, 나에게는 헉헉대며 땀을
흘리는 사람의 모습이 참 매력적으로 보인다. 고요하고 평화로운
일상을 뒤흔들어 자신만의 박동으로 시간을 지배한다고나 할까?
여자든 남자든 몸으로 자신만의 세상을 재구성하는 모습은 나에겐
참으로 크나큰 부러움이기도 했다.
신랑은 1시간가량 저렇게 뛰고 돌아오는 때가 있었는데 강가나
도로에서 뛰기도 하고, 운동장에서 뛰기도 했다. 나도 그를
따라 운동해 보겠다고 몇 번 따라갔었지만 한 달 남짓 그러다가
그만두고 말았다(신랑은 뛰고, 나는 걸었다).
올봄에 날씨가 풀리면 다시 같이 달리러 가자고 그래야겠다. 한
달도 버티지 못하고 다시 포기해 버리게 되더라도.

우울증

나의 우울증과 무기력증은 역사가 깊다. 사춘기 때 가정환경이 내 삶에 큰
영향을 미친 셈이다. 당시 아버지와 어머니 사이는 냉랭하기만 했고 나를
돌봐줄 사람이 없었다. 그래서 나는 내 방에 틀어박혀 무기력과 우울로 누
워 있는 것이 내 나름의 생존 방법이었던 셈인데, 그걸 반복하다 보니 무기
력이 학습되어서 조금만 힘든 상황에 처하면 도피하곤 했다. 15살부터 지
금까지 너무나도 끔찍하게 무기력과 우울의 시간을 반복하고 있다.

연애를 시작하고 처음 신랑에게 우울증에 관한 이야기를 들었을
테지만, 잘 기억나진 않는다. "나 우울증을 앓고 있어요"였는지,
"정기적으로 상담 받아요"였는지도 기억에 없다. 그만큼 나는 그때
우울증에 관한 신랑의 말을 그다지 심각하게 받아들이지 않았다.
누구보다 진실한 눈빛으로 사랑의 진심을 보이며 나를 위해
무엇이든 하려고 노력하는 사람에게서, '우울증'의 심각한 징후
따윈 조금도 찾아볼 수 없었으니 말이다. 좀 더 솔직히 말하면,
우울증에 관해 무지했었다고 말해야 할 것 같다. 어쩌면 그는
조심스럽게 자신의 삶을 지배한 우울에 관해 나에게 말을 꺼냈을
텐데, 나는 그저 대부분의 사람이 그러하듯 "누구나 우울할 때가
있잖아요? 기운 내요. 밝은 생각을 좀 하고요" 따위의 조금도

도움이 되지 않는 말들을 털어놓고 돌아섰을지도 모른다.

아니, 분명히 그랬던 것 같다. 나는 생전 처음 누군가에게서 진실한
사랑을 받는 기쁨에 눈이 멀어, 상대방을 헤아리려 하지 않았다.
내 기억으로 '그의 상태가 심각한지도 모르겠다'고 처음으로
생각했던 때는, 같이 쇼핑하러 가서였다. 아무리 쇼핑을 싫어하는
남자더라도 투덜거리든 싫다고 말하든 지극히 예상 가능한
모습이어야 하는데, 신랑은 입을 꾹 다문 채 땀만 뻘뻘 흘렸다.
나중에 도망치듯 조용한 곳에 자리를 잡고서야 그런 시간을 잘
견디지 못한다고 털어 놓았고, 그는 불안으로 얼굴이 벌겋게
달아올라 있었다.

데이트하는 시간이 반복되면서 상태가 좋은 때와 좋지 않은 때의
간극도 너무 크다는 걸 알게 되었다. 우울증으로 고생하지 않을
때는 그렇게 즐겁게 사는 사람이 없을 정도로 활기차다가 정작
무기력에 빠져 있을 때는 갑자기 아무 데도 가지 않고 누워만
있으려고 들었다. 그냥 '무기력하다', '아무것도 하고 싶지 않다'는
정도가 아니라, 공기라는 바위에 깔린 사람처럼 안간힘을 쓰는 것
같은데 아무것도 하지 못하는 모습이었다.

양산에 내려와 곁에서 지켜봐야 하는 우울증의 증상은 더
심각했다. 그저 한두 번 혹은 일주일, 이 주일이 아니라, 몇 개월씩
허우적거리는 것만 같은 무기력증과 우울증의 증상은 혼자만 늪에
빠진 것처럼 다른 세계를 사는 사람 같았다.

곁에서 보기에는 아무것도 하지 않는 것처럼 보이겠지만, 그는
혼자만의 발버둥을 치는 중이었다. 어느 쪽으로든 감당할 수 없는

우울과 무기력에서 벗어나려고 영혼의 몸을 버둥거리는 중이었다. 그런 그에게 "밝은 생각을 해라", "일상이 얼마나 즐거우냐" 따위의 뻔하고 얄팍하기만 한 말들은 위로가 아니라 '조롱'처럼 들렸을 것이다.

맞다, 그는 자기 자신은 물론 세상의 모든 편견과도 맞서 싸우는 중이었는지도 모른다.

누워만 있고 싶다

누워만 있다고 그게 즐겁고 편한 것은 아니다. 무언가를 할 의욕이 없다
보니 그냥 누워만 있는데, 그렇게 되면 정말 한도 끝도 없이 상태가 바닥을
친다. 짝지랑 같이 생활하다 보니 아침에 억지로 몸을 일으키지만, 계속 몽
롱하게 누워만 있고 싶다.

가끔 신랑이 빠진 그 늪이 무엇일까 궁금해지기도 한다. 기억에
없긴 하지만 나 역시 나도 모르게 그 늪에 손을 담그거나 발을
빠트린 적이 있었던 건지도 모른다. 처음에는 신랑이 누워 있으면
무조건 일으키려고 애를 썼었다. 다그치고 설득하고 화내고,
어떻게든 그를 일으키기 위해 몸부림을 쳤지만 그게 그를 위한
일이 아니란 걸 조금씩 깨닫게 되었다. 화내고 극단적인 방법을
쓰면 쓸수록 신랑도 나도 같이 소모된다는 걸 나중에야 알았다.
그래서 지금은 한 가지 약속만 지켜달라고 말한다. 같은 시간에
일어나고 같은 시간에 잠자리에 드는 것. 그날 할 일과 일주일에 할
일을 사소한 것들까지 모두 다 계획하고 그대로만 실천하는 것도
꽤 효과적이었다. 물론 그 모든 것을 하고 싶은 마음조차 내기 힘들
때라면 방법은 없다. 기다리는 것밖에는. 어차피 삶은 모두 각자
다른 방식의 기다림의 반복, 혹은 지속일 뿐이니까.

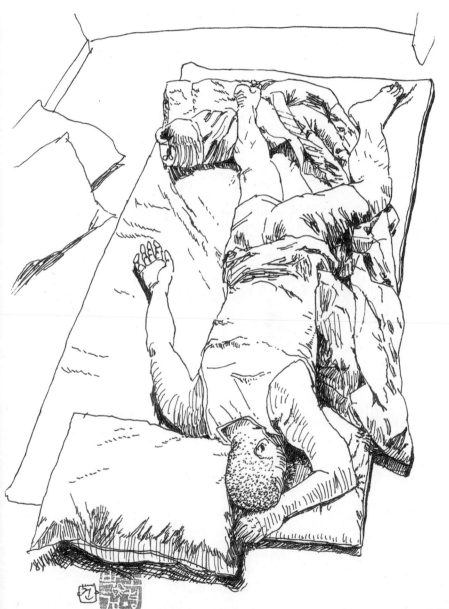

259

아무런 의욕이 없는 무기력

유럽 여행을 다녀온 뒤 의욕이 없고 누워만 있고 싶다. 작은 일들도 의욕이 없어서 자꾸 미루고 회피하게 된다. 모든 것이 무의미하고 해 봐야 소용없고 결국 안 될 것 같은 기분에 휩싸인다. 그래서 늘 죽고 싶은 마음이 가득하다.

42일간의 긴 여행을 계획하는 일도, 여행을 시작하고 30여 일 동안 유럽 전역을 마음껏 누비고 다닌 것도, 분명히 무모하다 싶을 정도로 용기 있는 모습이었다. 그런데 신랑은 마지막 일주일여를 앞두고 갑자기 의욕을 잃어버리더니, 고장 난 기차처럼 유럽 한복판에서 멈춰 버렸다. 겨우겨우 여행을 마치고 집에 돌아와 잠깐 기운을 차리는가 싶었는데, 이내 더 깊은 속으로 곤두박질쳐 버리고 말았다. 그리고 후 석 달 동안 그는 비슷한 상태로 침잠해 있었다.

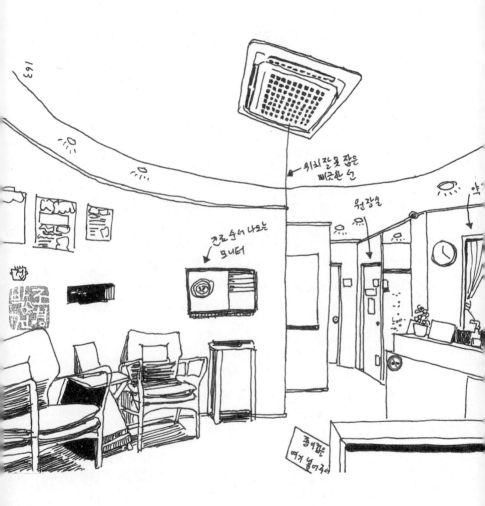

163

위치잘못잡은
삐뚤한 선

원장실

간호수사 나오는
모니터

좋이컵은
여기 넣어줘

우울증 약과 동네 신경·정신과

우울증 약을 먹어 보기도 했는데, 도움이 되는지는 잘 모르겠다. 생각 외로
많은 사람이 신경·정신과에 들러 약을 처방받고 간다. 하지만 난 그것도 귀
찮아 자꾸 미루고 있다.

사실 나조차도 우울증 약에 대한 편견이 있었던 것 같다. 약물에
대한 의존성을 높인다거나, 오히려 상황을 더 악화시킨다는 말을
아무 근거 없이 어디선가 주워듣고는 그걸 사실이라고 믿어
버렸다. 신랑도 처음에는 우울증 약을 먹으면 몸이 나른해지고
기운이 없어진다며 별 도움이 되지 않는 것 같다고 그랬는데
약을 먹은 때와 먹지 않은 때 신랑의 낯빛이 조금은 달라지는 게
느껴져서 요즘은 신랑에게 중간에 끊지 말고 오랜 기간 약을 먹어
보자고 말하고 있다.
우울증을 극복한 사람들의 이야기는 눈에 띄지 않고 최악으로
내몰린 경우만 뉴스에 나오면서 더욱더 우울증에 대한 편견이나
선입견이 심화되는 것 같다.
이렇게 고생하면서도 끝까지 살아남아 자신의 삶을 그림으로
기록한 성공 케이스로, 신랑의 이야기가 오래도록 사람들의 기억
속에 남을 수 있으면 좋겠다.

손 가는 굴씨용 네임펜

무기력할 땐 블록 조립

무기력해서 아무 의욕이 없을 때, 단순한 블록 조립에 집중하던 시절도 있었다. 하지만 이사하면서 쌓여 있던 블록들을 모두 버렸다.

신랑은 자주 휘청거리면서도 자신과의 다짐이나 약속은 쉽게 저버리지 않는다. 아무 데도 가지 않고 몇 달씩 방 안에서 무기력과 싸우고 있지만 그럼에도 똑같은 시간에 일어나 책상 앞에 앉고, 똑같은 시간에 잠자리에 드는 약속만큼은 철석같이 지키고 있다. 그뿐만이 아니다. 분리수거하러 같이 나가자고 하면 한숨을 쉬면서도 같이 나가고, 내가 밥을 차리면 밥을 다 먹은 후에 설거지를 끝내 놓고 다시 방으로 들어간다. 집 안 어디서든 신랑의 이름을 부르면 힘겹게 몸을 일으켜 내 앞에 나타나 주고, 한 달에 한 번 마트에 함께 가는 일은 온 힘을 다해 몸을 일으켜 꼭 함께 가준다. 마트에 다녀오면 물건들을 정리하는 일까지 함께하고 다시 방으로 들어간다. "아무것도 안 하고 있다"고 말하지만 그는 여전히 너무도 많은 일을 꿋꿋하게 해내고 있다. 거기에 온 힘을 다한, 가장 고통스러운 혼자만의 싸움까지 더해서.
가만히 생각해보면, 그는 세상에서 가장 치열하게 살아남으려 하는 한 사람이다.

하프 마라톤

운동 자체를 별로 좋아하지 않는 편이었는데, 달리기가 우울증에 좋다는 글
들을 보고 조금씩 달려 보았다. 10킬로미터, 하프 코스 등 여러 번 참여해
서 완주했다.

신랑의 모습을 처음 확인한 것도 마라톤을 하는 사진에서였다. 내
책을 읽고 몇 차례 내 홈페이지에 글을 남겨 주었고, 그의 블로그
주소가 있기에 들어가 보았는데, 프로필 사진에 달리기를 하는
모습이 있었다. 홈페이지에 남긴 글만으로는 굉장히 날카롭고
야윈 80년대 지식인의 모습을 상상했는데, 꽤 살집이 있는 몸집에
마라톤을 하는 프로필 사진이라니 좀 의외였다. 게다가 빡빡머리.
그와 연애를 시작하고 한번은 마라톤을 같이 해보자는 신랑의
제안에 겁도 없이 그러자고 말한 적이 있었다. 그래서 창원에서
열리는 마라톤 대회의 5킬로미터 코스를 등록해 같이 뛰었다(물론
신랑은 뛰었고, 나는 걸었다). 그의 말처럼 마라톤이 우울증에 좋은지,
정말 인생과 닮았는지는 모르겠는데 땀 흘리는 서로를 지켜봐 주고
계속해서 힘내라고 말해 주던 그 시간은 우리 두 사람 모두에게
참으로 즐거운 추억이었다.

머리에서 피가 뚝뚝

울산에 외근을 하러 가서 짐을 싣고 줄로 고정을 하다가 위쪽 윙 모서리에 머리가 찍혔다. 피가 뚝뚝 떨어져서 그 회사 직원의 차를 타고 응급실에 갔다. 응급실에서 바늘이 아니라 스테이플러로 8바늘을 박아서 꿰맸다. 그런데 검사하던 차에 찍은 CT에서 이상한 게 보인다고 했다.

8개 호치키스

269

신랑은 회사에서 몸을 다치고 집에 돌아오는 일이 종종 있었다.
어떤 때는 발목, 또 어떤 때는 무릎, 절룩거리며 문을 열고 들어오는
신랑을 보면 가슴이 철렁 내려앉았다. 붕대를 감은 채로 어떻게
다쳤는지 말하는 신랑의 모습을 보고 있으면, 말 그대로 울화통이
치밀었다. 누군가 쇠기둥에 처박고 정강이뼈가 드러나도록
만들어진 직장 생활이라는 게, 그 현장을 만든 모든 사람이 너무도
야속했다.

한번은 이마 한가운데 반창고를 붙이고 왔는데, 쇠기둥에 찧은 게
그나마 다행이라며 웃는 신랑의 모습에 왈칵 눈물이 쏟아졌다.
땅바닥에 처박혔으면 정말 크게 다쳤을 거라고 했지만 아무 위로가
되지 않았다. 정말 그런 곳에 그를 내모는 일이 옳은 걸까, 나 혼자
오래도록 생각을 고르고 마음을 다잡곤 했었다.

그러던 어느 날, 신랑은 반창고를 붙인 정수리를 내 앞에 내밀었다.
너덜거리는 반창고 아래로는 두피가 벌어져 철심을 아무렇게나
박아 놓은 모습이 보였다. 순간 숨이 턱 막혀 아무 말도 할 수가
없었는데 신랑은 또 한 가지 할 이야기가 있다고, 놀라지 말라며
무언가를 내밀었다. 그가 내민 휴대전화 사진에는 흑백 사진으로
동그란 호두 알갱이를 닮은 무언가가 있었다. 신랑은 그게 자신의
머리 CT라고 했다. 그런데 그의 뒤통수 쪽에 동전 하나 크기의
동그랗고 하얀 것이 붙어 있었다. 제자리가 아닌데 비집고 들어온
것처럼, 양쪽 뇌 사이를 비집고 들어와 하얗게 부풀어 있었다.

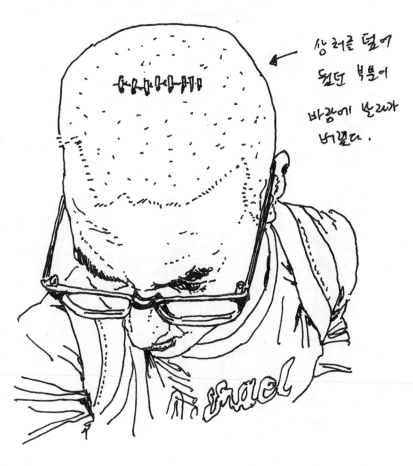

상처를 덮어
됐던 부분이
바람에 날려가
버렸다.

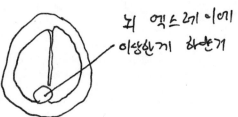

뇌 엑스레이에
이상한게 하얀거

272

MRI 촬영 대기 중

응급실에서 CT를 찍었더니 머리에 종양으로 의심되는 무언가가 있다고 해서 양산에 있는 종합병원에서 MRI를 찍기로 했다. 빈속에 가야 하는데, 그걸 깜박하고 뭘 먹는 바람에 집에서 시간을 때우다가 MRI를 찍으러 갔다. 종합병원에 가면 아픈 사람이 얼마나 많은지 새삼 알게 된다. 기다리는 동안 하일권의 《방과 후 전쟁활동》 1, 2권을 읽었다.

의사 선생님의 설명은 "뇌에 종양이 있네요"였다.

'종양'이 있을지도 모른다는 신랑의 이야기는, 너무도 비현실적으로 들렸다. 그건 드라마나 영화 속에서 듣던 말이었다. 나에게, 내 신랑에게 그런 게 있으리라고는 한 번도 생각해 본 적 없었다. 그저 장난스럽게 "그러면 뭐 깨끗이 가는 거지"라고 가볍게 말하며 낄낄거린 철없던 우리의 모습이 너덜거리며 떠올랐다. 종양이 아니고 석회처럼 굳은 게 그렇게 보이기도 한다고, 아무 일 아닐 거라고 신랑이 말했고 나는 당연히 그렇게 믿을 수밖에 없었다. 걱정한다고 달라지는 일도 아니었고 딱히 해결책이 있는 것도 아니지만, 잠은 오지 않았고 입이 바싹바싹 말랐다. 검사를 갔던 신랑이 병원에서 돌아와 아무렇지 않게 "종양이래요"

그러는데, 정말 그 자리에 주저앉고 싶었다. 비명이라도 지르며
발버둥을 치고 싶었다. 이제 결혼한 지 1년, 나 같은 사람에게
이런 좋은 사람을 선물한 신에게 바쳤던 그 모든 감사의 말을
무르고 싶었다. 누구보다 열심히, 재미있게 살겠다는 그 모든
다짐도 끄집어내 바닥에 팽개치고 싶었다. 온몸이 부들부들 떨렸고
미친년처럼 마구 소리를 지르려고 입을 벌리다가, 신랑의 얼굴을
봤다. 너무도 담담하게 "받아들여야죠, 뭐."
아무렇지 않은 그의 얼굴.

'나'를 생각할 때가 아니었다. '그'를 생각할 때였다. 지금은 오직
'그'만을 위해 모든 에너지를 쏟아야 할 때라는 걸 깨닫는 데는
오래 걸리지 않았다. 신랑은 뇌종양과 관련된 책을 사 모았고
나도 뇌종양 관련된 각종 내용을 검색했다. 무수히도 많은 종양의
이름과 그것이 뇌에서 자라기 시작할 때 어떤 증상이 나타나는지,
우린 어떻게 해야 하는지, 그 모든 것들을 찾아가며 여러 번
심호흡했다. 불쑥불쑥 분노와 원망의 말들이 입속에 맴돌았지만, 온
힘을 다해 집어삼켰다. 가장 현명하고 이성적인 얼굴을 흉내 내고
보니, 냉담한 얼굴이었다. 파랗게 질린 얼굴이었다.
진단을 받고 뇌종양 관련 자료들을 찾아보던 그 몇 주는 내 삶에서
가장 가파르게 출렁거리던 나락이었다.

뇌 신경 센터

담당 교수님은 한참 동안 내 CT와 MRI를 들여다보더니 우리 부부에게 설명해 주셨다. "뇌수막종 같은데, 그 주변을 딱딱한 게 둘러싸고 있어서 종양이 자라지 않는 것 같다. 6개월 뒤에 다시 CT를 찍어 자랐는지 안 자랐는지 이번에 찍은 CT와 비교해 보자"고 하셨다. 그 후 대학병원에 가서 다시 CT를 찍었는데, 그대로 있다면서 1년 뒤에 다시 찍거나 안 찍어도 될 거 같다고 하셨다.

담당 교수님이 말없이 모니터를 응시하던 그 몇 분 동안 우리 부부는 온통 조마조마한 마음뿐이었다.

정밀검사를 받기 위해 우리는 진료 예약을 하고 양산에 있는 부산대학병원에 찾아갔다. 암 센터는 외래 건물과는 다른 곳에 있었는데 그렇게 복잡하고 사람 많던 공간에서 나와 문 하나를 지나니, 갑자기 사방이 너무도 적막해졌다. 암 센터 대기실에서 기다리는 사람들도 외래 진료 대기실의 풍경과는 너무 달랐고, 그 안에 조용히 자리 잡은 우리 두 사람만 오려 붙인 것처럼 너무 멀쩡했다.

문 너머에서, 아주 얇은 문 너머에서 지금도 누군가는 사투를 벌이고 있구나. 그토록 떠들고 즐거워하며 보내던 일상의 얇은 문

너머에서, 누군가는 생과 사를 오가며 온 힘을 다하고 있구나. 새삼
'삶'의 의미가 묵직하게 우리 두 사람 머리 위에 내려앉았다.

접수를 했더니 보험 처리를 위해 '암 환자'에게만 부여되는
특별한 등록 번호가 나왔다. 태어나면 누구에게나 부여하는
주민등록번호처럼, 그건 정반대의 의미로 우리에게 부여하는 번호
같았다.

마침내 우리 이름이 불리고, 피곤이 가득한 의사가 우리 눈도
쳐다보지 않은 채 별말 없이 화면에 사진을 띄웠다. 그가 하얀
혹이 달린 두뇌 사진을 들여다보았을 때, 나는 신랑의 어깨 뒤에
얼굴을 반쯤 가린 채 이를 악물었다. 어떤 선고가 내려지더라도
받아들여야 한다는 걸 알지만, 그건 너무 가혹한 몇 분이었다.
그토록 깊이 만져지는 삶의 의미를, 더듬어 본 적이 없었다. 무서워
자꾸 손이 오그라들었다.

마침내 의사가 드르륵거리던 마우스를 밀어 놓고 인터넷 검색창에
'뇌수막종'이라는 이름을 검색해 우리에게 보여 주었다. 그나마
뇌종양 중에는 가장 생존율이 높은 종양이며, 다행히 지금 신랑의
경우엔 달걀 껍데기 같은 석회질이 종양 주변을 둘러싸고 있어
종양이 자라지 않는 것 같다고 했다.

"그러면 수술 같은 건 필요 없는 건가요? 조심해야 할 거나, 먹을
걸 조심하거나…. 그럴 필요는 없나요?" 너무 긴장해 온 얼굴이
화끈거리는 채 그렇게 물었는데, 아무것도 하지 않아도 된다고
했다. 6개월 후에 검사해서 이상이 없으면 1년 후에, 다시 이상이
없으면 2년 후에, 그렇게 추적 검사만 하면 된다고. 별 이상이

뇌신경센터 성승기 교수님.

음…

없으면 그렇게 뇌 속에 종양을 가둔 채 살아도 상관없다고,
걱정하지 않아도 될 것 같다고 말했다.

진료실을 나오며 나는 그대로 다리에 힘이 풀려 주저앉고 말았다.
눈물이 차올랐지만 꾹 참았다. 그저 신랑의 손을 오래도록
쓰다듬었고, 여러 번 끌어안았다. 큰 굉음을 내며 우리를 지나친 이
삶의 의미를, 결코 잊지 말자고. 우리 다시 태어난 것처럼 살자고.
서로를 토닥이고 보듬어 안고 한참을 그랬다.

가끔 신랑의 뒤통수를 만지작거린다. 민머리라 더 쉽게 만져지고
더 가깝게 만져진다. 거기에 있을 그것을 어루만지고 쓰다듬으며
나는 속으로 '고맙다'고 말한다. 다시 태어난 우리 두 사람의 삶을,
'잘 부탁한다'고도. 내던졌던 그 모든 다짐과 기도를 다시 주섬주섬
주워 담으면서.

자화상 6·7·8·9

#통닭 자세

짝지가 인터넷에서 저렴하게 산 회장님 의자. 정말 편안한 의자이다.

더운 여름날, 속옷 차림으로 책을 읽는 모습을 짝지가 찍어 주었다.

내 포즈가 마치 통닭처럼 보인다.

#웃긴 표정

멀쩡한 표정보다 웃긴 표정 그리는 게 재미있다.

#양치할 때

잠결에 안경을 밟아 테가 부러졌다.

아침에 일어나다가
안경다리를 밟아서
부러진 안경쓰고 출근

치카
치카

하하하하하! 웃는 건지, 우는 건지….

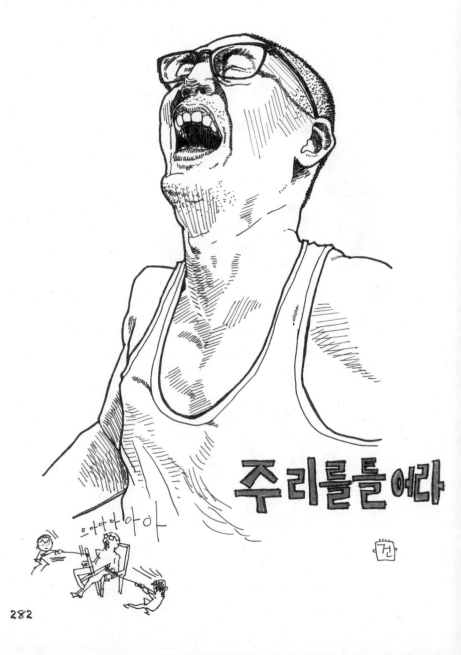

요즘 신랑은 그림처럼 웃는 모습을 잃어버렸다. 다시 태어난
것처럼 살자고 약속했고, 출렁거렸던 시간을 알고 있기에 누구보다
삶의 의미를 잘 깨우치고 있는 듯했지만, 그는 그때보다 훨씬 더
우울하고 무기력한 표정으로 하루하루를 지나고 있다.

이 그림을 보라고, 이 그림 속 당신의 모습이 얼마나 멋지고
아름다우냐고 다그치고 싶기도 하지만 그냥 텅 빈 웃음으로
얼버무리고 만다. 이제 나는 삶을 말할 때, 죽음을 말할 때, 그 어떤
순간에도 가벼이 말해서는 안 된다는 걸 잘 안다.

다가온 시간 앞에 우리가 할 수 있는 건 다시 어제의 삶에서 한 발
나아간 시간을 살고, 내 몫이었던 시간을 무엇으로든 기록하는 것.
'기록'이란 시간을 거역하는 일. 그것만으로 우리는 비로소
시간이란 삶과 나란히 서서 당당하게 함께 걸을 수 있는 것이다.
별것 아닌 우리의 시간을, 아름다운 생의 그림들로 채워 가면서.

내가 손톱을 깎고 있으니, 짝지도 내 앞에 쪼그려 앉아 따라 깎았다.
이것이야말로 일상 드로잉.

손톱 깎는 내 모습, 짝지 모습

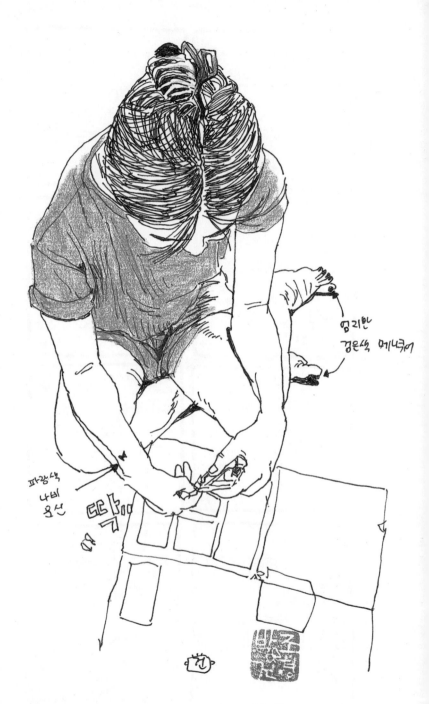

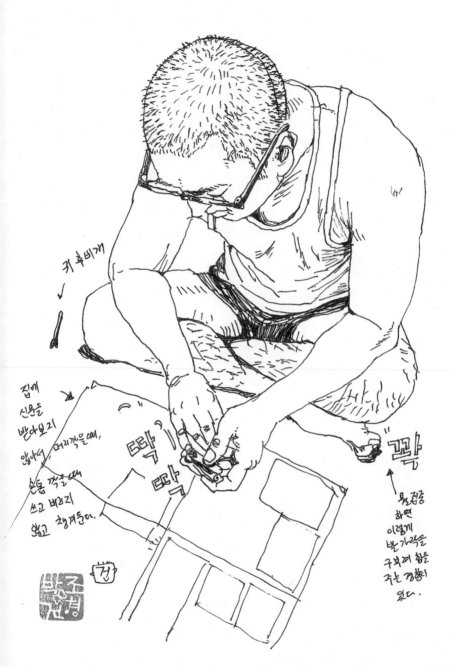

귀후비개

집에
신문을
받아보기
않아서 머리깎을때,

손톱 깎을때
쓰고 버리기
않고 챙겨둔다.

딱기
딱

꼭

풀칠을
하면
이렇게
반가락을
구부려 힘을
주는 경향이
있다.

별것도 아닌데 예뻐서
#일상, 그리고 쓰다

1판 1쇄 인쇄 2018. 9. 1.
1판 1쇄 발행 2018. 9. 10.

지은이 박조건형 · 김비
발행인 고세규
편집 최은희 · 김민경 · 길은수 | 디자인 홍세연

발행처 김영사
등록 1979년 5월 17일(제406-2003-036호)
주소 경기도 파주시 문발로 197(문발동) 우편번호 10881
전화 마케팅부 031)955-3100, 편집부 031)955-3200 | 팩스 031)955-3111

값은 뒤표지에 있습니다.   ISBN 978-89-349-8299-9 03810

홈페이지 www.gimmyoung.com   블로그 blog.naver.com/gybook
페이스북 facebook.com/gybooks   이메일 bestbook@gimmyoung.com

좋은 독자가 좋은 책을 만듭니다.
김영사는 독자 여러분의 의견에 항상 귀 기울이고 있습니다.

이 도서의 국립중앙도서관 출판예정도서목록(CIP)은 서지정보유통지원시스템 홈페이지
(http://seoji.go.kr)와 국가자료공동목록시스템(http://www.nl.go.kr/kolisnet)에서
이용하실 수 있습니다.(CIP제어번호: CIP2018026406)